我用中文
做了场梦

〔意〕亚历（Alessandro Ceschi） 著

文匯出版社

新经典文化股份有限公司
www.readinglife.com
出 品

前言

写这本书是为了讲我的故事。或者说，为了搞懂我这些年都是怎么过的。当第一次有媒体约稿让我写在中国生活这六年的经历时，我的脑壳简直像是被卡住了。我先想到的是那些已经对别人说过无数遍，甚至说烂了的宏观信息：我来自意大利（老家是帕多瓦，威尼斯附近的一座城市），本科在意大利读传媒，毕业后来了北京，学了一年中文，教了一年意大利语，去学了电影，去剧组工作，又搬到上海拍了一些广告。但是，对我个人而言，这些年到底意味着什么？这些表面相关的经历怎么连接起来呢？这个故事怎么写？

好在我自己对这样的处境非常熟悉。从差不多十岁的年纪，写作就是我最靠谱的朋友。写作能解答我的疑惑，挖掘我的感受，带来新的结论。它在我的生活中是一个很低调的存在：有时候，它会放你走，让你该忙忙、该玩玩，不会限制你的活动。它不急，因为知道你迟早不得不坐下来面对那张空纸慢慢说事。我试过忘记自己有这样的精神义务，却次次都回到了电脑前，仿佛被某种无形的力量所吸引。这是我的命运，和它较劲完全无效，我只能常年接受写作的召唤。

像考古一样，我追踪了这六年中自己留下的痕迹，收集了任何可用的线索。朋友圈、聊天记录、豆瓣帖子，我通通找来。在整理杂乱的生活碎片时，我渐渐看出一些结构——用翻译软件和王泳交流、看《欢乐颂》学中文的时期；深入探索中国电影、和利诺一起录播客的夏天；走出舒适的北京、独自在各地旅行的阶段；孤单、无力、渴望归属感的疫情期间。经过微观的处理后，那些碎片汇成一条相当清晰的时间线，一个对这些年的交代，关于我个人的来华往事。

做了新闻，做了电影，我不再抱有对客观叙事的执念。在尽量确认事实准确度的同时，我写了一本带有自己的情感、理想和希望的书。我试图呈现自己和中国这片土地的复杂相处。一本将作者的主观角度放到最大的回忆录。这不是政治学论文，也不是社会学调查，写的仅仅是我的生活。从开始写的那天我就知道，这会是一本极为个人的书。你愿意抽出时间来读一读，我很感动，还有点不好意思，毕竟写了很多自己的破事。你能读进去，甚至读完，读完还不觉得亏钱，我就很满足了，书也算是完成了它简单而宝贵的使命。

比起深思熟虑的计划，我来中国是迷茫的结果，一个二十三岁的人的决定：冲动、天真、乐观。青春专属的紧迫感足够让人毫无保留地投入到一个充满不确定性、远远不完整的方案。那是2016年的夏天——我拿了毕业证，有幸成为每五个意大利年轻人中失业的那一个。

在那之前，我其实已经工作过。急着实现经济独立，我还没进大学就开始做体育记者，报道射击运动的国际赛事。做了两年半，有些厌倦了，我决定辞职，找体育领域之外的记者工作，但面前只有一次又一次的无薪实习。我那会儿正好开始玩电影，就成了穷艺术家，边和同学写剧本拍片，边骑着自行车穿越罗马的大街小巷上门教英语。"你未来准备怎么办？"我当时的女朋友乐乐严肃地对我说，"你总不能一直教英语。"我觉得还行，教小朋友也挺好玩的。可惜毕了业，似乎得做点什么正经事了。我去罗马一家牙医诊所上班。诊所是一间复式阁楼，牙医安排我到楼上，为诊所设计营销战略。寂静隐蔽的阁楼上，周围无人监督，我一个月只写了自己的剧本。再次下楼，我和牙医握手告别。

闷热的罗马夏天，我坐在出租屋的沙发上，有一种在游戏中遭遇瓶颈的感觉。工作倒是可以找，但都谈不上喜欢。那份射击运动记者的工作有个好处，是会让你去很多地方出差。2014年，我被派到南京去报道第二届青奥会。短暂的七天，我认识了几个热心的青奥志愿者。我很羡慕他们的上进心，有些前在同龄人身上少见的力量。但是回到罗马，我慢慢忘了那些事，去忙了别的。从南京到毕业这两年，中国是一个模糊的梦境，和我当下的现实似乎是一个平行的时空。直到它重新出现在我面前。

对着电脑，翻着网页打发时间时，我偶遇了一篇《经济学人》的报道：

> 中国的电影市场正在飞速发展。从 2003 年到 2010 年，中国内地的票房收入年均增长率超过百分之四十。2012 年，中国电影的票房收入超过了当时的第二大市场日本。到 2017 年，中国的票房收入预计将达到每年一百亿美元，届时中国将超越美国成为世界最大的市场。

迷茫的时候，一点念头都算一个希望。那段时间，我拍了部讲罗马的涂鸦艺术家的纪录片；学校的老师找我把他写的短篇小说拍成短片；我去罗马的一个露天电影节做志愿者，整整两个月，每晚在座无虚席的小广场扫地、收拾椅子，望着大银幕上的电影，幻想自己的未来。看完《经济学人》的那篇报道，我隐约地感觉到中国和我有了关联。要不就，去中国做电影？

好像没问题。细节先不琢磨，走了再说。毕业前，我和乐乐分手了，她去了西班牙读研。我们通过邮件聊了我去中国的事情。"你做这个决定用了多久？"乐乐尖酸刻薄地问我，讽刺我比较冲动的做事风格,"三个月?三天?还是三个小时?"

可能是太把自己当回事,我有些无视了乐乐的幽默,认真回答起来。"大家从中国回来,"我对她说,"会跟你重复他们去之前就有的刻板印象,其实什么都没懂。我不是耶稣,但我经常觉得自己能够帮助不同的人理解彼此。东西方之间的隔绝不是一件好事。"

"希望你的东西方和平计划能够实现。"乐乐说。

上

2
0
1
6
｜
2
0
1
9

来中国才是正经事

"每个人偶尔都值得拥有一次从头开始的机会。"
——本杰明·西格尔,《豪情四海》

落了地,我和海南航空公司的工作人员合了张影,开始了我的新生活。我在首都机场门口认识了几个讲意大利语的中国人,和他们上了车,一起进城到了学校。我准备学一年中文,再去学电影。我上的是北京电影学院对外汉语的初级班,住海淀校区的留学生宿舍(那会儿还没有怀柔校区),每天去C楼的六层上课,学习的课程包括综合、听说、汉字三种。老师大多是北京语言大学的在读研究生,直接从五道口坐公交过来的。课堂上,我们会用一套北京语言大学出的名为《成功之路》的汉语教材,课本中的关键人物包括日本留学生山本、中国男生张大同、韩国女生李美爱、汉语老师丁兰,获得最佳章节名荣誉的是《你怎么了》和《我们国家的菜没有四川菜那么辣》。我们学到像"同屋""你家有几口人""别提了""说来也怪""你这老家伙怎么还没死啊！"这种后来再也没听到过的短语。听说课上，我们听南京青奥时已经让我彻底上头的筷子兄弟的《小苹果》。教学风格显然很中式：课文我们一起念，新单词回家抄几十遍。

上了几个星期的课，我对学会中文没有太大的信心，感觉不到任何进步的苗头。我经常迟到，进了教室先慢悠悠地泡一杯茶，再坐下来听课。我桌上的早餐还没吃完，老师已经在白板上写满一堆新单词，仿佛我们之间有时差。她叫我写字的时候，我摇摇头。"You have a try！"老师鼓励我，我却无法站起来跨越到她的时区。我死活不记得怎么说拜拜，每天下了课，都找老师问怎么说。"再见！再见！再见！"第二天还是会忘了。老师决定我的中文名字是亚历。我的原名——Alessandro——在古希腊语中有"保护人类"的含义。一生改名的机会不多，我在中文里又碰上了一个谐音为"压力"，英文直译为 stress，同样不太让人放松的名字。

在此同时，同班法国同学利诺已经开始背成语了，这使我心里略微崩溃。利诺会说"马到成功"，还往我们几个同学的微信群里面转发中央领导重要讲话的 PDF 全文，让我们挑战翻译。在欧洲，我们之间隔着阿尔卑斯山，而在北京，仅隔一堵墙：利诺在留学生宿舍的房间直接跟我的挨着。我们是问 Wi-Fi 密码认识的。聊了不久发现，我是意大利版利诺，他是法国版亚历。我们一样，毕业后拒绝进入一眼就望到头的人生。抱着好奇心，我们到北京开始了一段和过去没有任何关系的生活。其实，我们内心的要求很简单：一张充满可能性、可以从零开始写的白纸。而这里确实有。他人不了解你曾经是谁，因此未来什么都有可能。你可以脱下旧身份的负担，成为一个全新的人。一上中文课，连名字都给你换了，不知道的还以为我们是逃犯。中国是我们的狂野西部。

利诺和亚历很相似，所以需要分开行动。我们单独面对各自的新生活，不和外国人玩是我们学中文的策略。只不过，在中文还站不住脚的情况下，那也是我们社交的死路。学校的留学生们大多读一个用英语授课的本科国际项目，很多都不会中文。他们很团结：总是一起拍戏，去北语校内的酒吧吸水烟，再到五道口蹦迪到天亮。刚到学校那会儿，他们自然叫我们一起，但我们去的频率渐渐降低，关系也淡了。我和利诺就这样成为宿舍里那些不太合群的异物。

我的第一个中文交流对象是王泳。我刚从首都机场到学校就认识了他。走进留学生宿舍楼，我在一层的电影故事餐吧坐下来。安静的星期天下午，餐吧里只有我和这个戴着棒球帽、无所事事地抽烟的男生。背往后靠，身子往下滑，他仿佛把餐厅的椅子当作家里的沙发。我的到来让他的目光从手机屏幕返回到现实中。他惊讶地看了我几下，接着站起来坐到我旁边。

他不会讲英语，我不会讲中文。王泳拿出餐厅的菜单，摆在我面前，期待着我的反应。看完一系列陌生的菜名之后，我选择唯一熟悉的食物：一盘带巧克力糖浆和水果块的华夫饼。我好像没吃饱。王泳打开手机里面的一个软件，用中文和手机说话，再给我看屏幕上出现的英文翻译。操作了几下，他又把手机递给我，让我以同样的方式回答。我们就这样沟通了三个月。这段时间挑战了我对"听多了，就能学会"的信念。在没有任何共同语言的情况下，把一个四川人和一个意大利人放在北京，他们不见得会互相学到东西。我才来中国五天时，王泳带我去同学家过中秋。从中午坐到晚上，我头晕的缘故不是喝下的酒，而是听进去的六小时的中文。

我和王泳的交流是由一系列不连贯、分散的信息所组成的。在学校后面的烧烤店，他给我看一个小本子，说里面是给前任写的诗。下一秒，他要了一张我的照片，放在一个PPT里。王泳说是给投资人介绍他的电影团队用的。"我们明年一起拍电影。"他的手机屏幕上写着。我心里一堆问号，可我选择应付过去，不为难翻译软件。

有时候，我和王泳像一部不用动脑子、宣传中外友好关系的情景喜剧。有那种经典的画面：他尝试教我如何正确地用筷子，我做不到，但还是能够按照自己的方法夹面条。他耸一下肩，放弃教我。我们捧起杯，一起笑起来。本集结束。

12月初的一个周末，王泳说他的同学老许要拍一个短片，想请我做男主。我说行。认识老许的时候，我的中文稍微有了一些进步。加上他还会一些简单的英语，我们有条件尝试放下翻译软件。

"你喜欢中国的什么？"老许问我。

"我喜欢中国的早饭。"我说。那段时间，我几乎天天去学校后门的红珊瑚吃包子、喝豆浆。每当对话陷入僵局，我就讲起吃早饭的话题，并希望对方感兴趣。

"你喜欢造反！"老许笑起来。他是一个很会讲段子的东北人。短片是一个瓜子广告。在剧情里，我对一个女生表白，她给我一张写着"真心瓜子"的纸条。接下来，我却跑进两三家店里面，挨个问有没有"爪子"。买到了，我回到女生面前，准备把爪子递给她。

"No, no!"女生边说边举起来一包真心瓜子，"我要真心的。"

"我是真心的！"我脸上带着无辜的表情回答。

这个有可能不会进入影史的作品开启了我和老许的友谊。一周之后，老许提出带我去哈尔滨看一部网剧的拍摄，顺便玩两天。工作日的深夜，我们从首都机场出发，乘客很少，飞机大半的座位没有人。和老许在空中跨越中国的北方，我感到陌生，但踏实。像两个不用靠闲谈来回避尴尬的老朋友，我们占着相邻的两排，躺在三个人的座位上睡觉。

在哈尔滨，我发现鼻子里面也可以感觉到冷。在中文表达能力很有限的情况下，我放弃提前了解每一天的行程安排，把每一分钟当作是一个惊喜。晚上在外面喝了不少白酒，我猜第二天会睡个懒觉。早上6点，跟我住标间的老许竟然叫我起床去片场。他让我喝一口格瓦斯，说是俄罗斯可乐。

如果说怀念那个时候，是怀念那种简单、无顾忌、轻松的相处。回北京之后，老许送我一个真心公司的礼盒，那是我在中国收到的第一个圣诞礼物。春节后的某个晚上，他叫我一起吃饭。全程中文的四人聚会，我跟着老许学习北京特色吹牛逼式的聚会艺术。我在朋友圈分享自己练习写中文字的日常，爱写书法的老许给我点赞。

那学期，我和利诺几乎是对方生活中唯一的外国人。我们偶尔会串门煮咖啡喝，去五道口上瑜伽课，晚上到三里屯各大使馆听讲座。在路上，我们聊一聊最近利诺和亚历的生活里发生了些什么。利诺去东北当演员了，拍了几个星期的犯罪片，貌似要上中央电视台电影频道。我们偶尔约着一起去学校食堂，努力和本地学生沟通。利诺笑我的口音，一度以为我是故意讲如此拙劣的中文。

不，利诺。"我是真心的。"

2017 年 3 月 13 日
给老师的一份信
张老师：

老师好！

我刚到香港。明天上午电影节开始。和我的法国朋友利诺我们一起在一个香港房子住。房子里也有一个葡萄牙女生和她的男朋友。我们还没认识。但是他的女朋友说他不在香港。所以房子里可能只有三个人。昨天晚上飞机破了。我飞机里等了四个小时。工程师试试开始飞机，但它不馆用。我们者做公共汽车去过一个附近的旅馆，早晨一点到了。旅馆真棒。但是我早上五点回来了飞机场。七点终于飞机离开了。

祝好，亚历

这是我用中文手写的第一封信，从香港回北京后交给了张老师。来中国半年了，阴差阳错，我熬过了最尴尬的语言彻底不通的阶段，达到了表达能力依然尴尬但对方大概能懂的程度。我还无法用中文讲我的精神状态。我还时不时地会想起乐乐，仍对没能够经营好那段关系感到有些愧疚，还有些留恋，并因此难以投入到自己的新生活。我联系上一个在北京做心理咨询的爱尔兰人，抱着可以直接讲英语的便利心态，在某个周日上午专程拜访了这位克里斯先生。

站在自己的客厅兼咨询室，克里斯先生穿着拖鞋泡了两杯英式早茶，又从厨房拿来一盘饼干。"你从哪里来的？"克里斯边小口喝茶边问我。

"意大利。"我理所应当地回答。

"不不，"克里斯摇摇头说，"你从北京哪个地方过来的？"

"哦，"我说，对于在咨询中出现这样的提问感到有些困惑，

"我从海淀区打车过来的。"

克里斯笑了一下，似乎得出了什么结论。

"怎么了？"我问他，进一步地困惑。

"你是不是约了太多中国女生？"他问。刚到北京几个月，我一时跟不上克里斯先生的逻辑。

"我遇到了很多像你一样的海淀白人，"克里斯严肃地说，"在这里上学，一约会就约了十几个女生。一下子太多，来得太简单，人就变得虚无了。"

那段时间，在学校碰到其他外国人时，我经常会被问到有没有交到"一个中国女朋友"。能听懂中文的时候，我发现中国男性也在问我同样的问题。我后来懂了。部分白人男性不会中文，但是每天在胡同租的房子里接待不同的中国女性，他们还是能看懂邻居的眼神。

在北京，可以靠英语生存，但需要用中文生活。要像利诺那样做事，我得换个挡。我拿《欢乐颂》来学习。剧情简单易懂，语言表达直白，演员发音清晰——配合字幕，我能跟上。几个月的时间，我看完前两季全部九十七集，积累起四千二百八十一分钟的纯中文观影经验。剧中的日常闲聊给了我一些基本的交流技能。中国的电视剧能创造一种独特的既和生活有关，又不反映现实的平行世界：现实中，没有那么多摆在房间各角落显眼的酸奶盒。

《欢乐颂》里合租的三个女孩甚至成为我的一种精神陪伴。

我感觉自己跟她们一样,每天出门为自己的生活做点什么,可能晚上回家也觉得没什么进度,但第二天仍要继续。从来都不停下,日复一日地和世界作战。打鸡血式电视剧能让你一直向某种看不到的未来前行。就像《马男波杰克》里说的:"有时候你只想看一部无论发生什么,三十分钟结束之后一切都会好的剧。"《欢乐颂》更长点,但还是那个意思。

我搬到校外住了。找房子过程中,我首次面临一个在后面几年会反复出现的问题。它的名字叫"外国人临时住宿登记"。这个手续要求所有在华的外籍人士向公安申报自己的住址。除了租赁合同之外,还需要提交房子的房本和房东的身份证复印件。突然被租客要求拿出这些文件,有的房东会感到疑惑。有的嫌麻烦,干脆不租给外国人。

那次陷入住宿登记的僵局之后,给予我希望的是一个刚认识的年轻女歌手。她说只要花几百块,把护照给她,一周之内就能搞定住宿登记。实在没有其他的办法,我居然把护照交给了她。几天之后,歌手给我发了一个定位,让我去见她介绍的人。

我站在北京郊区一个尘土飞扬的停车场,烦躁不安地等着交接。一辆白色的车开过来,停在我旁边。后座的车窗摇下来,一个男生拿着我的护照,伸出手递给我。

"住宿登记?"我问车上的人。

"办不了,"他回答,"需要去地铁站吗?"

歌手的计划泡汤了,我放弃在安立路和朋友同住的安排。

我在青年路和两个女生合租。"付三押一"的付款模式一度对我的存款产生打击。在知道房东是在北京有十七套房子的人之后，我心里不得不感到有些不平衡。好在某个周末的中午，房东抽空亲自来我们家，了解我的情况。文件凑齐了，我和他开车去派出所，把住宿登记拿到手里。像一个结尾遥遥无期、故事可轻易猜测的电视剧，每一次搬家都一样，会以不同的方式让这种外国人租房的烦恼重新浮出水面。

　　忙着处理这些烦人的琐事，不知不觉，中文从陌生语言转化成了我解决问题的工具。情绪不好，我听陈粒。想要静静，我练写字。我注册豆瓣，周末看毕赣的电影。我还试着用中文发朋友圈。现在回头看，我感慨那时候的亚历有多自信。内容再无趣，只要能写，我就敢发："味多美真好吃""太阳，我想你！""我一定想我的猫""大家你们好！我在卖一个真好的电影放映机，在欧洲买了。音箱我可以分文不取给你。有兴趣联系。"我还祝了一次清明快乐。在公众面前当傻子似乎是学外语不可跳过的环节——在过程中缺乏一些自我意识有一定的帮助。我使用中文的态度相当现实：只要别人能懂，我就不纠结细节了。语法、发音、词汇，都可以晚点再慢慢研究。

　　学习中文像跑步：你会一次一次地感受到自己能力的提升，成就感会给你带来坚持下去的动力。这是种回报比较固定的投资，不会辜负你长期的付出。学习的成果因此成为自己心理上的支撑。坐地铁来回学校，在家写写作业，晚上做饭，这样的日常相当平淡，但是规律、稳定、踏实。无论以什么速度，我知道自己在往前走。让生活稍微忙起来，使自己专注于当下，这似乎治愈了各种烦恼。我被利诺鼓励并说服了：明年不去学校以英语授课的电影国际项目。试试考以中文授课的研究生，和中国人一起学电影。

生活上，我渐渐地适应了。我能接受热水。表情包，还不太懂怎么用。在家楼下的社区食堂，阿姨总记得我吃面不放香菜。打车去和朋友吃饭的时候，我把微信的聊天记录放大，拿手机给司机看地址。司机一看就哈哈笑了——在地址的下面写着"我请你吃饭"。司机把手机还给我，开起了车，还在默默地笑。到了红灯，我们聊起意大利足球。在另外一辆出租车上，利诺跟不同的司机交流，聊起法国香水。

仿佛周边的世界注意到了我心态上的好转，一系列的事情陆续出现在我面前。跟利诺一样，是演戏——外国人在中国的零门槛事业。从上一份工作到现在，已经过了将近一年。虽说是学校内部的项目，也没有什么收入，但是仅仅是参与创作，发挥自己专业上的能力，就能给我一种自己是正常人的感觉，仿佛出狱重返社会。我终于有用了。

我要演的是一个毕业短片——《从不好好告别的人》，导演找我扮演女主的外国男朋友。剧情中，我陪女主回老家见父母，自己却不会讲任何中文。导演希望我用手势和丈母娘交流。这让我感到有些落差，又比较讽刺：好不容易学会了讲点中文，还不许用！我们从白天拍到深夜，从五道口一个小区转场到出租车上，再到路边吃凌晨1点的杀青炒面。我利用拍摄的间隙和戏里的丈母娘闲聊，为外国男友表达上的欠缺做出补偿。

除了对扮演的角色感到有些失望，我还是能够从拍摄现场获取某种力量。一直到最后，导演没表现出一丝疲惫，全程带着主创一起解决问题。近距离目睹女主的哭戏使我很佩服她的表演天赋。剧组各部门的同学更是动作利落，使拍摄很顺畅。四处张望看见人人都忙着的时候，我感觉自己做的事属于某种集体付出的一部分。贡献再小，能往大家努力的方向靠近一步，别人对你的感激也是很厚重的。离开拍摄现场回家，我身体确实很累，心里却充满剧组每个人的生命力。

哪怕只是当了个不会讲话的男朋友，我还是把这个活干完了，还收获了一些廉价的成就感。我承担的任务简单到惊人，不过全是亚历——这位出生于汉语初级班的男生——自己做的：他用中文和导演沟通工作，用中文打车去五道口，用中文和阿姨吐槽角色的单薄。他有独立的思想，有意志力，有感情。我像研发了AI机器人的科学家一样，看着亚历感慨，他走得比我设想的还远。

关于亚历会演戏的传闻在学校里流传，因此更多的人想找他。一个摄影系的本科生要拍平面图片的作业，亚历扮演脸书创始人马克·扎克伯格。一个导演系进修班的学生的毕业短片是越战题材，计划到山西拍摄，亚历去当美军。他拿一桶方便面独自出发，坐高铁到太原。这是第一次有剧组给他报销车票（那是照顾配角和群演的好办法）。晚上到宾馆，服化道人员敲亚历的门，说要剪头发。亚历很乐意：几下的工夫，他的鬓发全没了。距离《从不好好告别的人》一个多月，亚历知道放下自我了：知道大局观，知道为剧情牺牲。《占领区》第二天一早要开拍了。

汉语初级班的第二个学期要结束了。九、十月份对我而言还特别陌生的课堂，现在是我生活中最舒适的部分。我在课外做的事情都比课堂本身更复杂。我用地铁通勤的时间看一集《欢乐颂》，所以到了教室，老师像是开着零点五倍速讲话。我用微信聊的内容早就超出了课本的范围。跟第一学期比，我的成绩全提高了：综合 86 分（上学期 77 分）；听说 95 分（85 分）；汉字 86 分（63 分）。缺席的课堂也增加了：三门课加起来，我总共错过了三十八个课时。

这是因为，4 月初，我开始上班了。我通过某个微信群得知，CCTV 纪录片频道正在制作有关意大利的节目，为此招募翻译、剪辑助理。和演戏一样，这对我来说不是什么挣钱的机会，但是有事情干让我开心。每周三四次，我走进北京东四十条的写字楼，上电梯到《发现之旅》节目的办公室。前段时间，《发现之旅》的剧组去了趟意大利，造访各地的酒庄、上百年历史的酿酒家族、一年一回的葡萄酒展览会。我坐在剪辑房，戴上耳机看素材。电脑屏幕上,出现了我的新中文老师。

时记先生是所有素材的绝对主角。他是一个葡萄酒爱好者,一个纪录片导演,也是一个性格很实在的中年北方男人。镜头跟着他,我们隔着屏幕认真品酒。他表情丰富,习惯对着观众发表尖锐的评价:"闻起来挺糟糕""有点像中药丸子""香肠的味儿"。他经过暗淡的酒窖,喝一口就满意地下结论:"这个配火锅好喝。"带着他参观的意大利酿酒师站在边上,对于时记先生所说的一无所知。我感受着这两个世界的融合:小时候度暑假的乡村,朋友生日上开的起泡酒;北京的冬夜,充满着水蒸气的火锅店。我按暂停,转向窗外时意识到:现在后者离我更近了。

还没见到过本人,时记先生已经成为每周对我说最多话的人。他的语调不小心被我内在化了。如果回想起从他那里学过的单词,如橡木桶,我脑海中会不经意地以时记先生的声音念出来。剪素材,我能看到时记先生的各种姿态:对意大利酿酒师的礼仪式敬佩、对中国消费者的诚意推荐、私下向陪同翻译暴露的真实感受。几个月下来,我感觉自己很了解时记先生的内心活动。等他真的来剪辑房考察工作,我禁不住想:我们这么熟,他怎么不先跟我打招呼!我一时思绪卡住,想交流却找不到词。和我的同事简单交流以后,他很快又走了。我从来没有和时记先生说过话。

能听懂时记先生讲解葡萄酒赋予我的信心被一个八岁女孩

灭掉。她叫小花,是住学校附近的小学生。小花的妈妈通过利诺找到我,想让女儿暑假期间学学英语。我答应了——这方面我确实有经验,心不算虚。我们在海淀的咖啡厅见面,她妈妈在旁边办公。仿佛自己手里的货币忽然不流通了,我发现小花听不懂我讲中文。"说清楚一点。"她对我说。实在没别的办法,她直接转身,不带任何恶意地说出使我最崩溃的一句:"妈妈,他在说什么?"毫无疑问,小花是我见过的最严厉的中文老师。她发音极其标准,经常参加讲故事比赛。小花妈妈时不时自豪地向我发来女儿讲故事的音频——拿小花的纯正普通话来纠正亚历不可救药的外国口音。

9月份,我和利诺在汉语班重逢。从问Wi-Fi密码那天起已经过去整整一年。利诺比我耐心,学得更认真。他的语调相当准确,会写的字也多。听他用各种黑话,我有些心烦,不懂,也懒得问他。用足球来讲,他是西多夫:传球一律要漂亮,能简单处理的情况务必想出更为复杂的方案,成功让人感受到美感,失败则让人叹气。我是加图索:动作不优雅,但是一个球都不放过,用战斗力来补偿球技上的欠缺。他们帮AC米兰拿了两次欧冠,和皮尔洛一起形成了传奇的中场铁三角。

新的学期带来几个新的中文老师。我终于能够多听懂一些,所以有了一些互动的可能性。听力老师在课堂中停下来诉述了她刚分手的前男友的事情(一个涉及多套房、多个城市、多个女朋友的故事)。虽然我们在一所艺术院校,"怎么办"老师(她经常那样抱怨我们中文上的欠缺，因此获得了这个称号）却并不隐瞒她自己对电影的无感。她放的PPT教我们说："你这老家伙怎么还没死啊！""怎么办"老师容易不耐烦，因此我和利诺喜欢让她浪费课堂上的时间，说一些无关紧要的话。"你想象力太丰富了。"她会指责利诺。我会和她开启一些没有未来的对话：

"您喜欢纪录片还是故事片？"

"不喜欢。"

"不喜欢哪一个？"

"我什么都不喜欢。"

"怎么办"老师不爱教中文。到年底，她打算考公务员，试试进入水务局。我和利诺面前是另外一个挑战。九十天后，圣诞节前，我们会参加北京电影学院的入学考试。我报考导演系，利诺报考动画学院。利诺有美术天赋，一年来除了学中文也一直坚持练习画画。作为留学生，英语和政治属于免考内容。剩下要准备的是《艺术概论》和两门专业课考试。还有，需要提交HSK5的证书（汉语水平考试——总共六级）。

进入备考期，汉语班也有所调整。我们每天上《影视汉语》，一门专门教你如何用中文说电影的课程（我们的新词表包括：美学、互联网、审查、版权，还有国家新闻出版广电总局）。对于HSK5，地铁再次成为我的图书馆：来回大概两小时，我在车厢内蹲着做题。教材上的老套内容描绘了一个似乎永久不变的世界，和我周围正在移动中的人们形成强烈的反差。在一篇文章里，作者认为爱情最高的境界是"适应爱人的所有习惯"，而男人最不习惯女人的方面是"任性、骄傲"。不管怎么样，作者最终判断，"爱情很简单"。

11月11日，我去考HSK5。四百天前还不记得怎么说"再见"，现在却准备要考汉语水平考试中第二高的等级了。考试地点在中国农业大学的某栋教学楼。宁静的周六下午，阳光柔和、气温清凉，我走进昏暗的教室报到，拿着耳机到电脑前入座。对话内容还算能跟上，但不知道时间哪里管理得不对，我得很匆忙地读完理解题的文章。300分的总分，我最终拿了217分：听力78分，阅读67分，书写72分。其他不纠结——过了这个关卡，可以专心去想12月份的考试。

对于像我和利诺这样的欧洲人来说，《艺术概论》的内容非常眼熟，基本和我们高中时学的艺术史和哲学重合。不过，西方著名人物的中文译名使我们困惑，经常不懂考题说的是谁。背下来他们每一个人的译名不太现实。我会在脑海里反复念出眼前的译名，看看是否会想起什么熟悉的人物。但我们主要靠猜。这是一个荒谬的情况：答案我们很清楚，反而问题让我们蒙住。在模拟考试中，利诺把柏拉图误认为是美国画家波洛克，用蹩脚的中文描述他的"滴画"技术。在一堆陌生的中文书名面前，我有可能把一篇从未被萨特写过的小说归功给了他。

由于考试要求手写，这是我写字最多、最好的时候了。除了笔和纸，我用手机上的软件来练习，偶尔得意到录屏来记录自己写字的过程。"岛这个字真优美。"我发视频在朋友圈说。我把《影视汉语》课本里的多篇文章抄下来，一边学习怎么说，一边学习怎么写。

到了考试，我能靠记忆去写的字还是不多——依靠口语交流和手机拼音输入法学了中文，现在很多字只会说不会写。我急忙翻卷子，在考试题目中迅速找到自己需要的字，再回到题目继续写。考场就是C楼六层那些用来上汉语课的教室，紧张间夹杂着对过去一年的感慨。我的专业卷子的大题要求将一条社会新闻改编成剧本。在隔壁的教室里，利诺要画一个成语。

过日子的老外

"疯了,这些罗马人!"

——奥贝利克斯,《阿斯泰利克斯历险记》

也挺久没挣过钱了。来中国,其实放慢了我实现经济独立的进程。但是,经过这一年,我摆脱了传媒人在职场上的心虚:当别人问我会做什么,我终于回答得上来了。能讲中文像是掌握了一门手艺。说得更现代一点,是我的一个硬技能。不管怎么说,可以拿来卖。考试考完了,只能等命运的结果。哪怕真考上了,也得等到明年9月份才开学。中间有半年多,刚好可以开张。

元旦前那几天,有朋友问我想不想去留学机构教意大利语。于是我去面试。机构在潘家园地铁站旁边一栋破旧写字楼的十一层。上次见那么多意大利国旗,还是意大利打赢法国拿世界杯冠军的那天晚上。过度展示意大利元素是留学机构很敷衍的行为,体现出某种被动迎合市场的可悲——老师顺着学生们开的玩笑做出夸张的"意式手势"更让人伤心,像是还没下班的猴子,为了那点儿人民币,连自己国家的文化都能出卖(声明:我责怪的不是他们,而是市场规则自带的一种粗暴力量)。

这里有不体面的老外。你不容易在三里屯的瑜伽馆或老书虫的脱口秀演出遇见他们。理由很简单——他们没空。现实容不下浪漫:意大利语吸引高考分数不太理想的学生,能提供比英美更实惠的出国选项,简单来说,是留学世界的二级联赛。英语母语者拥有天生的福利:可以在整个世界用自己最熟悉的语言谋生。而所有的意大利语外教都会中文,这就是职位的门槛。加上英语,他们平均会三种语言,到月底却只拿英语同行的一半。英语外教会约下午6点到朝阳公园踢球。意大利留学机构的课上到7点半,再从潘家园过去,公园都要打烊了。

不过教英语对我来说没有灵魂。走进意大利留学机构,面试官自然地问我喝不喝咖啡。典型意大利办公室的咖啡机噪音使我很踏实。它提醒我,在过去一年,我主动远离了这些很亲切的体验。我只吃过几次比萨,没怎么做过意面,也没买过红酒,似乎这一年的目的就是使劲去适应一个陌生的环境。摆在我面前的是另一种可能:可以在这个截然不同的国度允许自己有一些回家的瞬间;可以不苛刻地把恋旧压在心底,也能在异国正常生活;可以放松一点。算上不去教英语的机会成本,那是我喝的最贵的一杯咖啡。但也是期待最久的。

沉浸于这种久违的熟悉感，我差点忘了还要干活。我通常会这样：答应事情时光想着它比较轻松愉快的一面——办公室的咖啡机、每个月发的工资、写字楼楼下的饭馆，而完美绕开那些更沉重的问题。要用课本？没想过。要讲语法？没想过。要进教室，坐在二十来个握着笔、眼里满是期待从我这里学到东西的学生面前？显然没想过。在我心里，做决定的亚历和承担后果的亚历从来没有碰面好好谈过。

决定的结果总是忽然冲过来。北京东三环，星期一下午。我被安排在"威尼托大区"上课。每个教室都被命名为不同的意大利大区。不知道是管理中的偶然还是排课老师的贴心，我老家帕多瓦就在威尼托。那是一个爱喝酒的大区，加上它位于东北部，我就开始和别人讲我是意大利的东北人。挂在教室墙上的白色木框里，装着我老家高中生喝的第一款酒——阿佩罗橙光（spritz），墙上还有威尼斯狂欢节面具的照片。我身后是配了红黑两种记号笔的白板（正好是 AC 米兰的颜色，但我喜欢什么球队这一点，机构里应该没人知道）。长长的桌子顺着教室的走向延伸到俯瞰着东三环南路的大玻璃窗。我坐在桌子的这一头，而几乎所有的学生都坐在桌子的两边。他们离我挺远的，远到给你那种大学教室里，三五成群的学生自发形成不同独立活动区域的感觉。

但我在这些区域之外。上了十六年学，今天是我第一次有经营课堂的任务，还不坐观众席。我要想办法，继续讲话，保持气氛活跃,直到裁判吹响最终的口哨,让我们上地铁回家。这场长达五小时的比赛午饭后就开始,天黑了才结束。这下,我有点后悔了。这是要干吗?谁能讲这么久?电视上的主持人扯两小时也就差不多了。下午2点15分,要上课了。我心里是恐惧——其实我确定,我会搞砸,只不过还不清楚会以什么方式搞砸。墙上的阿佩罗橙光和狂欢节面具照片,能给我带来什么灵感吗?

"开始吧。"我看了一眼墙上的时钟,再面对学生——他们的表情似乎在说,我们本来可以在五分钟前就开始。我发签到表,他们很快就签完了。现在呢?自我介绍?每人两分钟?我一说就意识到这是在做梦。果然,我迎来的是一个相当冷清的场面:每个学生说自己的中文和意大利语名字,紧接着是沉默,进一步的提问,更多的误会和解释,每人倒是超过了两分钟,但主要是我在说。

"老师,您什么时候开始教书的?"一个坐我旁边、眼神尖锐得可以穿透冰块的女生问。我笑了——咱要幽默点,对吧?咱也没有别的。

"我们几点开始上课的?"我半笑着问她。

"2点15分。"她平静地回答。

"好。现在3点05分,那么我教书得有快一个小时了。"

她脸上没有一丝变化。冰眼不想要幽默——我真是想得美了。她想要的回答是:"我教书三年了,是我从小的梦想。"伴随着我的回答的,是一片坚定的沉默。这个下午,我们还要一起度过三个小时五十五分钟。

在我当老师的那七个月,那双冰眼一直跟着我。我带了各种班:上午班、下午班、周末班、A2、B1。但她总会从教室某个角落或机构的走廊出现。那是一个固定的陪伴、一个警告、一个工作召唤,我始终没弄明白那双眼睛到底意味着什么。

我承认,我的出发点有些问题。来了机构,我自以为知道要怎么帮助学生。实际上,我想给他们的不一定是他们需要的。我端上各种创意菜,但他们还没吃过米饭。我奔着实现心目中的理想教育的愿望,而没有去了解学生的真实需求。在汉语班当了一年学生,再走上讲台上课——其实机构的教室并没有讲台,可是你懂的,这样写比较好——我就问自己:怎样才能成为自己学中文时希望遇到的老师?我也不敢说自己有准确的答案,关于什么样的外语教育才是对的、有效的。但是心里有个声音告诉我,你要做点不一样的。所以我试图那样做,并为此骄傲。

在课本的基础上,我努力找其他学生普遍关心的话题。我认为即将要去意大利的学生需要了解那边的现实。虽然我和他们只差几岁,但我感觉自己是一个精神上的长辈:我出过国,体会过陌生和孤独,感受过无助和挫败。要是能重来,我会想要提前做点功课,不至于到了国外之后从零开始。能准备的就准备，能避雷就避雷。

但这个事情比较好说，却不好做。什么是真的需要知道的呢？讲到意大利的时候，我内心流露出怀旧情绪和比较强的分享欲。语言离不开语境，人离不开自己的经历。课本提供的素材是伊万娜家遭盗窃，洛伦佐找瓦莱里娅要她的文学笔记，爸爸对小卡洛讲述罗马城是如何建立的神话。我厌烦那些落伍十几年的乏味对话，想要多介绍更真实、更有活力的意大利，引起学生的共鸣和兴趣。我借着热情讲到 AC 米兰、足球，以及它在意大利社会的神圣地位；贝卢斯科尼从媒体老板转而从政，牢牢抓住意大利人的心，成为 20 世纪 90 年代版川普的故事；2008 年金融危机对许多普通企业家造成的悲剧性影响。对我来讲，这些是了解意大利社会的必修课。但是，你说你不想听，我也能理解。这是我内心中的意大利——那些陪我成长、让我逐渐形成世界观的事件。如果是写我的自传，探讨我和我的国家的关系，可能会有人感兴趣。但是现在，我在潘家园。坐在我对面的学生的家长付了不算低的学费，学生们回家后也不能说只学了谁是贝卢斯科尼。

说来说去，还是那点破事：在学生的语言证书考试临近的情况下，我不得不去机械地教大量的语法点。讲别的，学生不听，或者干脆翻个白眼。我以为自己能成为那种有趣的、隔壁班都羡慕的老师。我太天真，也太脱离现实了。学生没有恶意，只是觉得学那些没什么用，反正考试也用不上。而语法，不会不行。他们想去意大利，也没说对意大利这个国家有深度的兴趣和探索欲。那是我强加在他们身上的浪漫。想到那边去，考试得通过。你付过学费，我要帮你准备。他们有道理。

可惜自己当时没有完全意识到学生的想法。他们对非应试内容的冷漠使我有些失落，让我在心理上和他们拉开了距离。讲课的时候，我变得更谨慎、僵硬，严格按照机构的教育计划走。课本上说什么我就说什么。学生们一副乖巧的样子，上课记下来每个语法点，休息就上淘宝找考试卷子。他们问我为什么变得那么严肃。我心里想，这不是你们想要的课吗？

机构的同事帮我认清一个现实：当决定未来计划的时候，这些来自全国各地的子女并非自己说了算。大多数情况下，去意大利读书是一个家庭考虑到多种因素之后做出来的综合判断。提供经济支持的家长可以不了解文艺复兴的历史，但是需要知道在博洛尼亚的房租是多少。学生不一定是被意大利新现实主义打动，可能只是想换个地方学习生活。外教休息室旁是客户接待厅，也就是销售战场。坐在那些椅子上听机构人员解释套餐的人，有时候是学生，但他们像是陪家长来的，而不是相反，他们脸上总写着"我这是在哪里？"。更多的情况是家长一个人来，甚至都不是家长，而是某个最后会出钱的叔叔阿姨。目睹了这类一画胜千言的场景，我自己心里和学生的矛盾才得以消解。

跟在剧组一样，我学会了放下自我。学生感到被我理解，关系明显和缓了。他们偷拍我上课的照片,做成表情包再发给我。讲语法讲不通的时候,我开玩笑地重复他们曾经小声说的一句:"就问明天的老师吧。"(每个班是由两个外教一起带的。)晚上回家,我收到学生的微信,问我喜欢吃什么水果。第二天水果就会摆在我的桌子上。

在休息室跟同事谈笑时,我讲述和学生的互动,机构老将玛尔塔提醒我:不要轻易地信任学生。"他们看起来很可爱,"玛尔塔说,"等你走出教室,就开始吐槽你、投诉你。并不可爱。"我能感觉到这样的风险。不过,我选择的对策不是远离,而是靠近他们。我让学生在我面前吐槽。课堂气氛尴尬时,我停下来,坚持问有什么问题。得知可以交流,学生也放下防御,诚实地和你交流。也许下了课他们还是会吐槽,但是我创造了一个学生敢说话的环境。刚开始我对自己职业的理解是一名讲者,现在是一个来和学生一起想办法解决问题的合作方。

一个名叫 Simo 的湖南男生约我下课去吃午饭。我们聊了聊他的心事——对机构里一个同学的单相思。他是我最初期待的那类上课对象:几乎对什么都感兴趣。我们相互推荐电影和电视剧。出国不是家人帮他想的,是他自己的愿望。比起其他计划拿毕业证就回国的学生,Simo 会认真考虑读完书留在意大利工作的可能性。

那几天,我爸妈要来北京玩,但他们落地的时间和我上课的安排有冲突。Simo 提出,他可以去机场接我爸妈。我实在想不到别的办法，便答应了。他在首都机场的到达厅举着牌子，接了我父母，再把他们带到酒店。后来，我们四个人一起去他老乡在北京开的湘菜馆。Simo 和我爸一样对历史感兴趣，他们在饭桌上聊起过去。在 Simo 看来，我在家已经听过很多遍的故事都无比新鲜。

20 世纪 70 年代初，我爸是一名大学生。他赶上了意大利学生运动的浪潮。当时的年轻人有强烈的参与政治和进行公共讨论的欲望。他们对中产阶级有所不满，到广场喊着："马克思万岁！列宁万岁！毛泽东万岁！"他们相信中国拥有世界上"最正宗的共产主义"。我爸也被中国的社会主义梦想冲昏了头脑。他在家中和他的父亲说："中国的共产主义和苏联的可不一样了。"他的父亲是意大利参议员，代表着正在执政的天主教民主党。"那个国家在几千公里之外，有六亿人，是一个遥远复杂的现实世界，"他父亲镇静地回答他，"你觉得你懂什么？"

五十多年后，我们在帝都吃小炒黄牛肉。中国的现实依然复杂，但没有那么远了。说到底，它就在我们眼前。将那些旧事用中文重新表述给 Simo 听，似乎给它们带来了新的生命力。一不小心，Simo 走进了我的家。

说到意大利，如果你最先想到的是比萨和浓缩咖啡，而不是纪律和秩序，我原谅你。不过要记得，墨索里尼下台仅仅是八十年前的事情。现代社会的法律相当有效地防止了法西斯悲剧的重演。但是，那黑暗的二十年留下了一定程度的后遗症。部分意大利男人患有某种法西斯情结：心里有个塑造了他们的身份认同和价值观却不被看到的小墨索里尼。因此，他们将无法再进入政治领域的法西斯特色理念带到个人生活和社会文化中。他们对自己的要求是决断、强势、卓越，经常体现出大男子主义。在企业文化上，他们倾向于专制管理，设立明确的等级秩序，包括强制执行穿制服的要求。这些人到处都是，包括在留学机构。

那段时间，校长想成立一个科学委员会。他常说到像"教育 2.0""教育改革"这类模糊的流行词，外教被鼓励"走出自己的舒适圈"。某个工作日的晚上，校长召开了全体外教会议。他为大家点了比萨，下课后，外教们到休息室啃几块，再到被当作会议室的教室。

会议一开始，校长宣布了一个新的针对所有外教的鼓励机制：如果试听的学生听完你的课选择买套餐（价格高达近六万元），你会收到十元作为奖励。有外教站起来说，这不是奖励，是冒犯。其他外教加入争论，说有学生买套餐就是因为老师，给的佣金应该要高得多。"不对，"校长委屈地回答，"学生买套餐那是因为有销售部，你们想拿佣金就去做销售吧。"会议室里的愤怒燃烧起来。

后面的议程没法谈了。外教借着混乱提出了其他的不满：由于工资是按照实际上课的时间计算的，像春节这种较长的假期，老师一整个月的收入远远无法覆盖开支。"你们以为自己是学校的明星。"忙着恢复秩序的校长说。他还说,其实对于当老师的我们,纪律要比能力重要。机构已经设置了一个教育计划,按照它去讲就可以了,不需要太多的想象力。他还说到足球。"你们看,"场面平静一些后,校长说,"到头来,卡萨诺、巴洛特利,这样的球员没有教练要。"公众对这两个球员的普遍认知是他们天赋异禀,要是还有头脑就好了。他们刚出道时被认为是未来的希望,可是关于他们的报道很快就远离了足球场。巴洛特利因二十七次违章停车被罚了一万英镑,又因为过于丰富的夜生活被球队罚了二十五万英镑。至于卡萨诺,2008 年就有词典献给他一个新词"卡萨娜塔"(cassanata),意思是卡萨诺才会做的傻事。比起天赋,他们此后代表了麻烦。比起优势,他们更多是球队的负资产。相比开奔驰和玛莎拉蒂的他们,那天晚上在场的所有外教都是坐地铁十号线回家的。

校长发布了机构的道德准则书,语言风格压抑,还有不少错别字。准则书代表"机构价值观的连贯性",要求教师"阅读、遵守,并在有必要的情况下向同事传播其内容"。共十七页,令人印象最深的是一个图表——分男女两类,它展示着很具体的"正确服装标准"和"错误服装标准"。内容倒是不夸张(不穿短裤、拖鞋、背心),只是透露出对性别角色的传统期待、延伸到个人领域的集体秩序、对任何个性化的表现的控制。至今有同事仍然记得服装图表所使用的插图,并开玩笑说:"道德准则书有它的缺点。不过，在禁止穿蝙蝠侠T恤这点上，它一点也没错。"

错误着装标准：

maglietta   canotta   pantaloni

绘画作者：刘水

道德准则书中不起眼的一条说："教师务必负责地、体面地、透明地使用机构的所有空间。"是那种含糊的、需要写明但没想到真的会出问题的规定。出了问题，当然是因为足球。

老马和岛民是机构的核心成员——A1到B2教了几十遍，课本都背下来了，有时还拿课文内容玩一些两人之间的内部梗。老马是国际米兰的球迷。岛民很懂，却是"无神论者"——他看球赛，甚至给体育杂志写相关的文章，但不支持哪个队。

周二晚上，有场欧冠比赛：国米对热刺。加上时差，比赛在北京时间凌晨3点到凌晨5点进行。年轻的时候，哪怕第二天要上班，老马也会熬夜看球赛，可是现在觉得撑不住了。他对岛民提出主意：周三下午有几个小时的空当，不如把球赛的录播下载下来，带到机构一起看，那会儿每个教室刚好装了当作电子白板的大屏幕。岛民答应了，并做好了准备：他是坚持不熬夜的人，在中国看球只看录播，因此熟悉最全的盗版球赛网站。

为了看比赛，他们选择了歌剧专业的学生用来练歌的隔音室，好不引起注意。热刺先进球，国米再追，一比一。九十分钟已过，只剩两分钟补时，比赛看起来注定要以平局收场。国米踢了个角球。球缓慢地滑向禁区内。一个头球，又一个，球像在乒乓球桌上似的来回跳动，最后进了。意大利解说员狂喜地描绘国米的绝杀，仿佛自己都不敢相信："这是一场没有任何逻辑的比赛！"在潘家园的隔音室，老马跟着喊出自己的喜悦。随后，有人敲门。岛民想着：这应该是已经知道比赛结果的同事，过来一起庆祝。

是玛尔塔。"你脑子有病吧。"她对老马说。如果校长是机构秩序的理论家，那玛尔塔就是执行者。她带着罗马口音，脾气也狠，从不转弯抹角，有事就管，有话直说。"对不起，对不起。"老马抱歉地说——没有什么好解释的。比赛结束了，玛尔塔走了。老马和岛民对视。他们笑了十分钟也停不下来。隔音也隔不了球迷。

每到年底，机构会举办"年度最佳外教"大赛，用荣誉（加上一千元）来奖励最受学生欢迎的老师。大多数老师对此比赛抱着佛系的态度：只在朋友圈发个链接，提醒学生可以投票了。但茶师想的不一样，他今年想赢。

在机构的日常中，茶师表现得相当低调：跟学生保持距离，下课在休息室和同事们闲聊几句，喝个咖啡就回家忙自己的茶叶生意（那是一个品牌身份很奇特的小企业。他在朋友圈发的宣传图竟然能融合肌肉男、镜前摆拍、充满仪式感的倒茶动作、茶叶的特写等多个元素）。他常表示对学生的无奈："我们学中文那个时候，有这么笨吗？"他从来没有和同事出去玩过——既然都是在异国的老乡，共同话题多，同事之间很容易聊起来，成为朋友。再内向的同事，怎么也参加过一两次比萨小聚。大概没有人真的讨厌他，但客观来讲，也没有太多的学生或老师喜欢茶师。

他却拿了第一名。"真的有这么多人喜欢他吗？"玛尔塔可能想过，并动手调查了。一打开投票系统的后台发现，茶师的票数情况很不正常：他只用零点几秒的时间就能收到两百多票，如此重复了好几次。茶师几乎所有的票都是这样得到的。理工男出身的他用了最理性的方式来达到受欢迎的目的：雇人喜欢他。在一个有两百多人的微信群里，茶师只要发个链接，群里所有人都会给他投票。玛尔塔立刻取消了茶师的票。"你给我看下，"死活不认错的茶师反驳，"我违反了哪条规定呢？"玛尔塔怒气冲天，面对着茶师，说出了机构后人会永久记住的一句："我，我就是规定！"

放在现实中，校长的道德感相对弱一些。在一个非常缺人手的时期，他找我参加和学美术的高中生的线上交流活动，我答应了。校长的秘书联系我之后，情况就变奇怪了。我不用和学生讲中文，甚至被要求不和学生讲中文！有意大利语翻译。秘书说，学生会拿出自己的作品，"作品怎么样会有老师在学生分享前发到群里。您到时候随时看群消息。您可以评价一下学生的作品：你的基本功不错，挺扎实的，或者色彩运用、色彩搭配不错，或者创意表现手法需要提高之类的。"秘书把我拉进工作群后，有人让我放心："不会说你是教授，只会说你是招生部门的。"

我仿佛不懂自己在演什么戏，但基本确定了情况不靠谱。我去找秘书，问在会议上怎么介绍自己。"意大利美院的招生面试官。"秘书说。我立刻联系校长，说我不会参加。他说以前他们确实没做过这样的事情，但今年招学生难，"是在紧急状态下工作的，所以我们试图看看问题比较现实的那一面"云云。话倒讲得比道德准则书晦涩的语言自然得多。

对于在中国的意大利人，语言机构像麦当劳：入职门槛不高，短期内需要收入可以去打一下工。至于工作的内容，每天都一样。几乎没有人是发自内心地想要干这个活儿——我知道，可能有很少一部分，所以我说了，"几乎"。连我见过的态度最专业、经验最丰富、最受学生欢迎的意大利语外教都会在课间休息时感慨："再做两三年，我就不干了。"这样的工作成就感极低，几乎没有发展前景，想硬着做也行，但能不做就不做。机构的外教休息室坐满了不想在那边待着的人，气氛压抑。午饭的时候，我会跟着老马和岛民走向大厦的电梯，及时逃离机构的世界。

机构楼下的兰州拉面让我们成为朋友。楼下的饭店选项比较有限：卖驴阴茎的驴肉火烧，卫生条件可疑的贵州米粉，卖早上没卖完的包子的包子铺。兰州拉面馆地方大，通风，有面有饭有菜。我们基本天天去。

以面食为主的西北菜甚至能当作某种意餐的替代品。老马会点一两个烤馕，摆在饭桌中间，装作是饭前面包。岛民最幸福的一天，是套餐里多了一个煮蛋的时候。可是他拿着托盘，到窗口排队等餐的时候，兰州拉面的收银员注意到了错误，跟上了岛民，指了指他，喊他把第二个煮蛋还回去。最糟糕的一天，是发现西红柿鸡蛋盖饭涨到了二十一元——要招募两个学生才买得起。

和他们聊到一起，我接受了自己一度害怕的平淡。饭桌上的话题离不开足球、意大利政治、课堂上的搞笑场面。聊得不痛不痒，不过我觉得刚好，像夏日淡淡的啤酒，让你清凉一些。我会感觉自我无缝地融合到了那些无关紧要的闲聊中。那是一种不需要证明自己很特别的社交，因此很放松。坐在兰州拉面馆里，我以前的那些个人经历都显得多余。我们像一部情景喜剧的编剧团队，只能靠一套原定的人物和场景来形成共同语言：机构的走廊和休息室、玛尔塔的愤怒、校长的道德改革、茶师的选举操控。这个世界无疑简单，有时狭窄又无聊，却熟悉到令人欣慰。在两千多万人的城市里挖掘出一种小镇般的错觉，还挺奇妙。

某些事件被记载进历史。有学生去了罗马，说他对斗兽场很失望，里面什么都没有。"老师，意大利怎么样？"有次一个学生问岛民，眼里闪着光。"你觉得我们为什么来中国？"岛民回答道，顺便摧毁了学生所有的幻想。在北京，那不勒斯的同事去外面吃比萨，发现了一家卖榴梿口味的，菜单中的名称还是"像妈妈做的那样"。他没忍住，对店员发了火。"怎么回事！意大利没有这样的比萨！""先生，咱们只是应对市场的需求。""你们不尊重他人文化！你们知道我来自哪里？我来自那不勒斯，比萨的圣地！"

几个月后，那不勒斯同事搬到了英国，我们替北京所有的比萨店松了一口气。遇到像草莓、巧克力那样非主流的比萨口味，他依然会拍照，发到我们几个人的群里。要是有机会，基于面对那不勒斯同事的爆发所表现出的心平气和，岛民希望将比萨店店员推荐为诺贝尔和平奖候选人。

在老外的都市传说中，在中国待满五年标志着一个关头：要么走了散了，要么就一直留下来，把这里当家。待了五年，你是老老外。你积累了比较完整的生活样本，体会到了不同社会的酸甜苦辣，有足够的证据去做判断。试用期结束了，得决定要不要买个会员。

这个选择既关键又复杂：经过长时间的摩擦和相处，感受会五味杂陈，只喜欢或只讨厌一个地方是不太可能的，同时，常识告诉你，世上没有任何国度是完美的。比起幻想不切实际的人间桃源，你会对比选项，衡量优缺点，尽可能选择适合自己的方案。职业发展、生活便利、朋友圈子、喜爱的菜系、自然环境。不管如何决定，你总会牺牲点什么。或多或少，这是每天困扰全球所有移民的难题。

如果选错了，有点麻烦。一点也没有融入当地的社会文化，却依然坚持留着不走，不会有什么好结果。选择那样做的人，可能是看重一些短期的好处，像保住手里的工作和生活的稳定。但是，他们实际上在心里憋着一种强烈的不满。那不勒斯同事就是没有及时走，因此变得苦涩怨恨。

机构同事迭戈也是，不过他还在。我们约在三里屯吃顿比萨。曾经有人说，当你问意大利人他们最近过得怎么样的时候，问题在于他们真的会回答。我知道有这样的危险，并了解迭戈怨天尤人的性格，所以尽量不进入那样的对话，只是翻着菜单。

"我想问你一个关于AIRE的问题。"迭戈说。那是一个政府机构，负责登记长期在国外居住的意大利人。注册后，你可以获得一些针对境外意大利国民的服务，像远程投票之类的。

"怎么了？"我说，简单的提问藏着对后面的内容的恐惧。

"我一定要注册吗？"迭戈说。

我很疑惑。这是我没考虑过的角度：自己住在国外，要如实交代吗？身份证上的名字，要写自己的吗？这样的事实，还有主观解读的空间吗？

"随便，"我说，心里希望可以顺利糊弄到其他不怎么需要我动脑筋的话题，"主要是给你提供一些服务，看你想不想要。"

"那假如我换工作换城市，要跟他们说我的新地址吗？"

"如果你想继续收到投票单，那得跟他们说下。"

"如果明年回意大利呢？我就要从 AIRE 退出吗？"

"对。发个邮件，说你回意大利了。"

"我就是不懂为什么要跟他们说我的信息。"

比萨还没有上，但是我已经想走了。边走边说："不用了！没有人在乎你住哪！你不说，使馆的人也会安心入睡！"但是我还在。加油。再坚持听半个多小时就可以回家了。仿佛生活在无法沟通的平行世界，迭戈也很疑惑，甚至无奈。他放弃了 AIRE 的话题。

"我需要买一些西药，"迭戈平稳地转移到下一个问题，"你觉得哪里能买？"这种问题我喜欢。它有一个很直接、不太可反驳的客观答案。

"和睦家医院吧。"我利落回答。

思考了几下，迭戈宣布："我是不会去医院的。"

我要崩溃了。我没办法向迭戈提供帮助，因为他想要的不是帮助，而是继续抱怨的机会。乔治·布什去过和睦家医院看病,但迭戈是不会去的。很快,迭戈又失望地开始说别的。他想买双意大利品牌健乐士的鞋。那是件似乎没有挑战的事情,但迭戈认为根本无法实现。

"在佛罗伦萨买一双只要三四十欧。在中国肯定很贵吧。"

"你可以看看网上,最近有双十一双十二,会便宜一些。"

"我不在网上买东西。"

"鞋都是一样的,有官方店。"

"我还是去店里吧。"

没办法。天真的我提出的这些建设性方案对迭戈全都无效。他那天晚上抱怨的事情实在太多了。最荒谬的是说他在中国找不到爱情,因为大家都讲中文。我刚听到时还以为那是什么隐晦的比喻,像"我们讲爱情的不同版本",结果发现他是字面意思。我意识到,迭戈的态度,正是我需要避免的未来。生活在别处,不熟悉的一切是每一天的挑战。我们选择抗拒和怨恨,还是包容和好奇,会决定我们的生活体验。我要努力做后者;如果发现做不到,就回家。无论在何处,当老外都要做到一点:想在一个地方留着,就好好留着。

再来一条

> "我还是那句话：我能理解你。"
> "你理解我？我都不理解我自己！你甭跟我说这些屁话！"
> ——电影《有话好好说》

"记得以前王家卫说过，你作为一个导演得是一个做包子的人，对不对？他是说——"

"做豆腐。"

"啊？"

"做豆腐的。"

"做豆腐的！"

"你想吃包子啊，亚历。"

"很抱歉。但是，有时候，虽然你是做豆腐的，可能你也得知道关于做包子的一些知识。"

"有道理！"

2018年，我和利诺对中国电影的热情，最有可能体现在这段对话里：两个欧洲人用极慢的语速和失控的声调来录中文播客，聊王家卫，谈创作，并把豆腐说成了包子。我们天真、幼稚、乐观——脸皮也比较厚，才愿意发布令母语者听得着急的中文节目。我们最终考上了北京电影学院的研究生，分别准备读导演和动画专业。中国电影正在快速发展，它的成长是肉眼可见的。投资人、影迷、青年导演，为艺术也好，为一桶金也行，电影行业的活力让大家都感到自己是这个进程的一分子。令人兴奋的不是行业今天的成就，而是它明天的可能性。未来一定得更好，未来必须得更好。

那年是我在国内电影院观影体验最丰富的一年。涉及不同地区、社会阶层、生活处境的电影剧情促进了我对中国社会的理解。春天，北京国际电影节迎来了修复版《末代皇帝》、讲农村寡妇的《北方一片苍茫》和藏语片《旺扎的雨靴》。姜文、贾樟柯、张艺谋、毕赣的新片陆续在全国上映。四位80后导演拍了非常合格的类型电影：韩延的漫改动作片《动物世界》、白雪的青春题材片《过春天》、饶晓志的小人物剧情片《无名之辈》、文牧野票房破三十亿的现实主义商业片《我不是药神》。主旋律片《红海行动》拿了春节档的第三高票房，但并不是电影院里唯一的选择。白天逛商场，还有像《超时空同居》这样可以用来消磨时间，又不会让你后悔花钱买票的爱情喜剧。

我和利诺连续两年参加香港的国际影视展——这是利诺从

上一份工作继承下来并和我分享的福利。我们装作业内人士，偷偷看大人做事：来自世界各地的影视公司面朝百年历史的维多利亚港，交换宣传材料，买卖作品版权。一家杭州的制作公司带着自家的动画短剧，寻找全球发行的机会。一部讲述森林之魂马夫卡和人类卢卡斯之间的奇幻爱情故事的乌克兰电影有同样的需求。香港本土公司创艺国际发行了范冰冰主演的历史大剧《巴清传》，并将其介绍为"历年来投资金额最高的中国电视剧"。走到影视展的放映区，我们赶上了前不久获过柏林电影节国际影评人奖的《大象席地而坐》，它的导演胡波刚过世不到半年，现在我们是他的师弟了。

我从香港回北京时就觉得，中国电影和世界接轨是必然的过程。市场在变得更成熟：一批青年导演正在开创分类更细的电影类型，提高文化产业的多样性，讲更多故事，吸引不同的观众坐到银幕前。根据市场逻辑，我推测商业片的收益有潜力支撑票房更低的作品，像文艺片或导演首作，以鼓励导演探索更多种创作。全国艺术电影放映联盟将像《北方一片苍茫》这类文艺片带到二三线城市的影院，丰富了观众的选择。那年夏天，时隔二十八年，老港片《阿飞正传》终于在内地正式首映。随后，戛纳金棕榈获奖影片《小偷家族》也在内地影院上映，票房将近一个亿，成为当时内地历史上最卖座的日本真人电影。斯皮尔伯格的《头号玩家》以接近十四亿的票房迈进年度票房前十。"内地'识货'的观众，还是慢慢增加的。"有行内人士评价道。

对中国社会好奇，对电影行业感到兴奋，我和利诺决定用中文做一档名叫《电影咖啡厅》的播客。忙着教意大利语的那几个月，《电影咖啡厅》给我提供了上班间隙的精神滋养。我坐地铁到利诺在北影小区租的房子。我们用一个摩卡壶煮咖啡，再到房间用 iPad 录节目。在北京渐渐热起来的初夏里，关上有噪音的空调是我们对节目质量的追求。在总共制作了九期的节目里，我们谈到了那年看过的中国电影。我喜欢《寻狗启事》，一部讲别扭的父子关系的东北话电影。其中一期节目回顾了王家卫和电影专业学生的一次线下交流。

4月份，我们到三里屯的法国文化中心观看一场有导演映后交流的《寻找罗麦》。那是一部中法合拍片，也是在内地院线上映的第一部同性恋题材的电影。上映后两天，《人民日报》的一篇社论表示，不同性取向"是个体的权利"，而保护它"体现着社会的文明程度"。《好莱坞报道》传出关于上海的制片公司东方梦工场和迪士尼导演格兰·基恩合作的消息，他们计划将中国神话故事《嫦娥奔月》进行现代化改编，拍出一部奇幻冒险音乐动画，由网飞在全球发行。《动物世界》用动作片剧情重现社会的丛林法则，反思人性与道德。录节目时，我把剧本说成"煮本"，休息区说成"休息初"，每期能吸引一百来个勇敢的听众。出丑也没关系，我觉得我们在记录中国社会开花的季节，对我来说这才是做播客的价值。

除了我和利诺，后来加入播客团队的还有 Mido，一个在北京工作生活多年的影迷。不夸张地说，中国电影资料馆是她的第二个家。有网络售票之前，她会在小西天排一整夜的队，认识志同道合的朋友（包括北京电影学院的保安），早上9点才终于买到北影节的票。为了能够赶到想看的每一场电影，北影节期间Mido会干脆找理由向公司请假。电影对她来讲不是用来脱离生活的媒介，通过银幕进入各种无法在现实中体验的世界，那才叫生活。在聚焦戛纳电影节的一期节目中，Mido念出毕赣导演的《地球最后的夜晚》中那本绿皮书扉页上的咒语，这部电影入围了戛纳"一种关注"单元，此外，那年还有拿下金棕榈的《小偷家族》，进入主竞赛单元的《江湖儿女》和获得了两个奖项的《燃烧》，这简直是亚洲电影的崛起。另一期节目讲到未来拿了奥斯卡金像奖的导演赵婷的《骑士》，一部华人拍的当代西部片。"寻找合拍"一期分析合拍片的过程：在法国完成拍摄的中国剧组需要遵守一系列的规定，包括午饭务必离开现场，到饭店就餐。这些规定让拍摄节奏更慢，但《寻找罗麦》的导演念念不忘那些美食。在《电影咖啡厅》，我们观察到的是一个新中外蜜月期。

在倒数第二期节目里，我们介绍了自己的暑假安排。利诺刚办完签证，准备去俄罗斯玩，再一步步地穿越欧洲，漫游回老家巴黎。暑期档即将迎来大量国产片，包括《邪不压正》，Mido期待坐到大银幕前，欣赏在北平的屋顶上裸奔的彭于晏。我期待辞职去学电影。

写作是我的母语，电影算是外语，所以你现在看的是一本书——也就是说，前者是几乎与生俱来的表达习惯，后者是后天学的。做电影的想法和来中国的决定有些相似，都比较随心。2015 年，来中国前一年的春天，我选修了一门很基础的视频制作课，在一个学期之内接触了一些做电影的基本概念，从构思到剧作、拍摄和后期。班里所有人都各写了一个剧本，老师选择了最适合拍的一个，最后以全班为剧组，用学校的器材和剪辑房完成了一部短片。我室友的剧本被选上了。我很欣赏她的想法，期待她的创作，所以也不觉得太可惜。我在她的剧组边打杂边观察拍摄的过程。做后期时，我经常坐在剪辑房，看看她的进度，见证杂乱的素材渐渐变成电影。这个过程是有一定魅力的。到了暑假，我也想试试。

我的厚脸皮又派上用场了。我原本在米兰上学，因为申请到一所美国学校的双学位项目，就到罗马一所文理学院读书，算是做客。我享受的待遇是以意大利公立大学的比较低的学费去上这所私立的美国学校，也就是说，我比在这所学校的其他同学钱付得都少，大概是他们的十分之一。负担全在美方，我也得好好把握这个机会。我给视频制作课的老师发邮件，说我想拍点纪录片，能不能借用学校的器材。

他答应了，也没多问："Sounds great, good luck!"我骑车去学校，拿了一大包器材。接下来一个月，我坐公交走遍了罗马，采访了当地涂鸦界的人物，从艺术家本人到策展人和经销商。我想的是将自己的传统记者报道转化为吸引力更大的视觉产品。效果还可以：我差点被罗马一个艺术品经销商告上法院。他不满于纪录片中既有对他的采访，又出现了和他对于涂鸦意见冲突的艺术家。经销商在电话中威胁我，劝我把纪录片从网上删掉。我没理他。他没有再闹了。

拍纪录片那段时间，有次我傍晚路过一个小广场，注意到一群正在广场中摆椅子的年轻人。我意识到，他们是"美国电影院的孩子"，我最近在杂志中读到了他们的故事。几年前，还是高中生的他们通过行动获此荣称。

在曾经属于罗马底层居民，如今布满精致的爱彼迎公寓的越台伯河区（Trastevere）的一条街道上，那家美国电影院营业了四十多年。电影院本身具有一定的艺术价值，建筑内部有可追溯至20世纪50年代的马赛克墙。1999年，电影院倒闭。最初改建为宾果游戏厅的计划因遭到居民的强烈反对被叫停。2002年，一号项目地产公司收购了这栋楼，准备将它拆除改造成二十间豪华迷你公寓，一层私人艺术馆，两层地下停车库。民间自发形成了反对派组织，阻碍了项目的进程。但是，他们没能为这栋楼争取其他用途，结果电影院此后长期处于废弃状态。直到2012年11月13日，市政府即将批准地产公司开工时，占领开始了。

罗马每天有很多郊区的学生来市区读书，他们下课后却没有除消费性质场所之外的聚集地可去。五十来个高中生和大学生对此不满，他们认为美国电影院的改造计划是旧街道成为地产商投机重灾区的象征。他们直接进电影院了。一年半之内，美国电影院的孩子在民间筹集了十万欧元（那时约八十五万人民币），重新装修了电影院的屋顶、排水沟、地板和电力系统。他们开放了图书馆和自习室，成功阻止了拆除改造的工程。除了放电影，他们办的活动有戏剧、公开辩论、演唱会，还有罗马球队的比赛，最热闹的时候影厅里能有一千人。每周四有"用书买酒"的活动，可以边喝一杯边把书贡献给电影院的图书馆。罗马是意大利电影产业的中心，因此像索伦蒂诺、托纳多雷、贝托鲁奇等著名导演很快就得知美国电影院的事情，并来到现场出席放映活动。越台伯河区的老居民以及意大利电影圈子都赞成：孩子们的梦想是正事。

紧接着是国家的支持。2014年11月，意大利文化遗产部认可了美国电影院有艺术历史文化价值，从此这家电影院受所有现行法规保护。换句话说，它不能成为超市、豪华公寓、停车库。一号项目公司的计划泡汤了，财产价值直接减半。两年前带头占领电影院的大学生收到意大利总统的来信："必须肯定那些为我们的城市街道带来剧院、影院、文化生活的人们的努力。"

一号项目公司提出上诉，启动了意大利极其缓慢的法律程序。最终的判决可能要等十年，而青春只有一次。美国电影院的孩子们被迫离开，找新的事情做。但他们不用走得特别远——当地的居民免租金提供给他们电影院旁边的一个曾经是面包店的三十平方米的屋子。这成为他们新的总部。从6号搬到7号，他们留在同一条路上。现在，右边是他们的奋斗目标，而往左走几十米就是他们未来几年的新地盘：圣科西马托广场。

我是在这里认识他们的。那是"露天电影节"的第一个夏天。六七月的每个夜晚，广场都有电影放映。不用票，不用钱，不用预约，坐椅子或坐地上都可以。

"能帮忙摆椅子吗？"我鼓起勇气问。我有点心虚，因为他们是维护城市原生态的罗马土著，而我只是一个来读美国学校的外地人。我的学校就在越台伯河区，距离他们占领的电影院才七百米。他们想通过无收入门槛的文化活动来丰富普通人的城市体验，挽救这条把重心放在赚游客钱上的旧街道的精神生活。我呢，我恐怕站错队了。我读的学校学费很高，吸引的是中产家庭，学生自然会成为越台伯河区租房市场的重点客户，加剧房租涨价的问题。咖啡店、饭馆、小酒馆的定价也会随着提高。从消费习惯来看，这些学生比较像是停留时间更长的游客，对这个街道的影响无法被忽视。前半年，当美国电影院的孩子在开会，和市政府打交道，准备枯燥的提案材料，为露天电影节的梦想努力的时候，我大概率是在附近的小店和几个同学一起喝酒。虽然谈不上敌人，但我代表的是整条街道走向中产的过程，是他们用文化来抵抗的那个经济趋势。怎么说呢，他们如果不想要我，我非常能理解。

不过，我受到了欢迎。他们的带头人开会时曾说过，需要学会走在那些灰色的道路上。这是美国电影院的孩子的力量：他们有革命的精神，却能接受银行的赞助来办电影节。我是谁、在哪里读书、在哪里花钱没有那么重要，只要我愿意帮忙摆椅子就可以了。我加入了他们的团体，参加了会议、聚会，完成被分配的任务。夏天的六十个夜晚仿佛赎罪，越台伯河区对我来说不再是酒吧和约会的天堂，而是电影散场以后留下来扫地的圣科西马托广场。

和他们相处，电影变得很具体。行业里的人物是活生生的人，我还把我的驾照积分卖给某个频繁违反交通规定的编剧。罗马某个电影节找了团队的领头选片，他接了之后不想干，直接外包给我。我写了故事片的剧本，凑钱拍了个短片。和我一样，团体里的其他人也想做电影，有想做制片的，做演员的，甚至有想做放映员的。我更加确定这不是在做白日梦，而是我现在的现实。

2016年的夏天，我身处的两个似乎比较分裂的世界被缝合在了一起。美国学校创意写作课的老师了解到我最近拍片子的事情，在走廊撞到我时提出可以给我一千欧元，把他写的短篇小说《夏天》给拍出来。我同意了，并在美国电影院的孩子中选演员。小说讲的是一个给富裕家庭工作的女佣的故事。情节是超现实的，我们在墓地拍摄女佣和想象中的主人跳舞的镜头。

这是我在罗马做的最后一件事。

让我们把镜头切回中国。8月底,我在开学前搬回了学校宿舍住。一切和两年前来学中文时一样,除了红珊瑚一屉包子加豆浆的总价涨到了两位数。国内的研究生有点像自由职业者:没人知道你每天都在干些什么,直到你想办法交上一些能见人的东西。那几年给我的主要是时间:创作的时间、思考的时间、纠结的时间、发呆的时间、迷茫的时间。学校不再是一个天天督促你跟上学业的家长,它变成一个只想偶尔看看你成绩的叔叔。本科生才是日程排得最满的孩子们。

学校的氛围没有辜负我的期望。想要进入电影行业的年轻人有一种坚强的毅力,还有一套信仰:睡前读塔可夫斯基、定期去电影资料馆、通宵拍片,对他们来说这代表通往好作品的必经之路。下午课后,校园里的食堂和咖啡厅会成为学生招募剧组成员的基地,在附近读小学初中的小朋友会被家长带到剧组里做演员。电影是一门不完美的科学,怎么讲都讲不完,怎么学都学不够,学生就不断地用口传的形式来填补彼此的欠缺。在食堂交流拍摄经验,可以默默地吸取别人的教训,零成本学到新的东西,提升在创作中应对问题的能力。聊完,各自回图书馆琢磨各自的剧本。一次通宵拍戏时,遇到创作瓶颈的导演和演员私下沟通了一小时,整个剧组都在宁静的清晨等待结果。脱离了宿命论非常重的意大利社会,我很珍惜这种人人通过努力能决定自己的未来的信念。它让我想起书中读到的19世纪美国城市开拓者的心态：靠个体的勤奋，经受考验，坚持目标，就可以证明自我价值，创造成功的机会。

某行业大师为本科生开设的"拉片课"是全校最火爆的，报告厅满得像足球场，需要保安在门口拦人。在系里，我还有幸坐进了他的小班，老师能抽烟的那种。在一个冲向未来的世界，教室里残存着古代师生关系的影子。传统文化的糟粕浮出水面，课堂变成了比武过招的场合。老师会放一些获奖短片，再让学生一个一个发表对作品的评价。针对某个发言的学生，老师多次称呼他为"虚伪艺术家"。关系不仅不平等，甚至有冒犯他人的倾向。不符合老师标准的发言者会受到惩罚，包括手抄一篇关于印度教的论文（话题怎么从短片创作扯到印度教上去了，我也难以回想起来）。忽略掉学校不久前发生的毕业生自杀事件，老师会开玩笑说，上完他的课学生可能会有轻生的念头。

可想而知，课堂上气氛很紧绷，有一种怕一旦说错话后果难以预料的感觉。仿佛光是学费还不够付这门课，还需要额外支付一些精神代价。先别说艺术，师生关系缺乏基本的尊重，只有没必要的傲慢，还有放在任何场合都不太合适的行为。为了保住心理健康，我决定不去上这门课了。有同学劝我说，"师父打骂徒弟都是很寻常的事，这样的相处模式大家都习惯了，更像父子之类的"，将我不适的感受归于文化差异——当你是在场的唯一的外国人，这是一个万能的解释。只不过，在这样的文化出生长大的同学也有同样的难处："他的课我个人一直觉得精神压力很大。"被称为"虚伪艺术家"的同学私下对我说。这个同学可能不是"大家"。

讽刺的是，这位老师还在校读书的时候，就在离我们上课的教室不远处的一号公寓宿舍跳过楼。当时还是本科生的他醉心于一个剧本，在寝室里走来走去，走到了神情恍惚的地步。屋里每一个角落都被他踩过，他将精神完全投入进去，最终走上了椅子，又上了桌子。窗户开着，外面没有护栏，老师跨了出去，在不知不觉中跳了楼。他的室友疯了似的跑下楼去救他，发现老师在一堆垃圾里。人没什么事，但他因此闻名学校了。现在，宿舍楼每扇窗户外侧都有铁丝网。

过了二十多年，我们在隔壁的教学楼讨论该怎么讲故事。他用"借假修真"的概念来解释电影：剧情虽说是虚构的，但表达的是真实的情感。老师因此安排课堂练习，让所有学生轮流对彼此表白，并要求"表演要真实"。如果表演被判断失败，要回家给该同学手写一万字的情书。在那几天的朋友圈里，有人感慨字都不记得怎么写了，还有人表示对男的提不起兴趣、无法完成练习。

再是"追一个表演系的女生"的作业。为了证明"个人魅力"，需要通过讲故事打动对方，并且第二天要请她来教室里作证。同学给我介绍了明宜，她是表演系的研究生。点击明宜的微信名片才发现，我们半年前已经加过好友，那时是为了送出一张校内纪录片放映的门票。仿佛迅速懂了情况有多荒谬，明宜没多问就答应了，直接说到见面的时间地点。我们约去学校附近的烧烤店池记——Mido 曾经夸过我在池记点菜的能力，说和利诺去过觉得不好吃。我从此更喜欢去池记，并且在利诺会成语这件事上获得了一些心理上的平衡。

7点，人很多，窗口旁边的桌子还剩最后一张，我去抢。大玻璃墙赋予那些桌子某种舞台性质：路人会看到你吃了多少串，喝了几瓶啤酒，并会想象你和对方是什么关系，在聊什么话题。其实不是路人，他们算观众。坐在更靠里面的那些适合一到两个人的小桌子上的，就是没有拿到上台资格的其他演员，他们只好吃吃饭，远距离看戏。如果不坐窗口旁边，我总觉得去池记差点意思。

明宜还没到。她会喜欢窗边的座位吗？她是表演系的，肯定会喜欢被看到吧。里面那些小桌子又会使我们太近，也不合适，说不定会让她觉得我是在找作业的借口和她约会，借假修真？服务员过来点菜，我说我们先等会儿。服务员看我是一个人，便默默去了其他的桌子。外面的雨停了。我拿出蓝色的笔记本，复习准备要讲的故事。

我还要学习怎么念出她的名字。手机上，我把明宜两个字从微信聊天记录中复制粘贴到中文字典的软件里面，研究是哪两个字，哪两个声调，试着说了两三遍。池记的其他客人会觉得我疯了，不过这样至少可以保证，我在跟她说第一句话时不会叫错她名字——第一次和别人见面也许是我把他们的名字讲得最好的时候。走进池记，明宜确认是不是我。是我。

虽然我们坐在池记，我却感觉明宜像来了我家里做客。不是因为池记就是我的家，不是这个道理。只是我感觉向别人讲故事是允许他们进入你特别隐秘的一个地方的象征。住学校，现实中没有什么隐秘的地方，毕竟随时会有陌生的剧组带着一堆摄影器材走进寝室里，看到你穿着内裤坐在床上吃面也不觉得不好意思，反而问你能不能洗个手。想要隐秘，你最好能想象出来它。

烤茄子、烤土豆片、烤韭菜。十串羊肉串。两碗米饭。两瓶鲜啤，冰的。菜上之前，我们坚持聊今天的天气，她刚在忙什么，我刚在忙什么。终于啤酒上了，烤茄子也上了。吃完土豆片之前，我是不会讲故事的。不大可能。需要桌子上的菜多一点，啤酒快喝完了，才能有气氛。我相信，烧烤会给我们带来气氛，不过要给它时间。蓝色的笔记本在桌子的一个角落里耐心等待。

先聊别的。我们其实聊了挺多的。明宜说到她要演的一个戏。作为两个读研究生的人，我们抱怨工作的烦恼，也就是以前做的工作。我们聊了梦想和相信自我。明宜说到改变她人生的一本书，《牧羊少年奇幻之旅》。我给她推荐一家在北京的意大利餐厅。桌子上的菜差不多吃到一半，我们碰杯的节奏也跟上了。可以讲故事了。

为体验电影剧组的生活，还没到正式暑假，我就离开了北京，坐上高铁前往广东。出品方是讲粤语的美国华裔，电影是一部要在美国上映的音乐片，计划在东莞市常平镇拍摄二十天。我做制片助理，负责协调剧组和沟通演员。剧组人员中外混合，工作语言随时从英语切换到中文和粤语。由于拍摄涉及大量舞蹈片段，剧组从国外请来了几十个舞蹈演员，也就是我需要沟通的对象。第一次做演员，他们明星感倒很强，晚上10点多也不怕麻烦你要个巧克力棒。演员没有手机卡，手机上不了网，我没法用微信和他们沟通工作安排。剧组采取比较原始的解决方案：将拍摄通告打印出来，一份一份递到每个演员的手里。我就是那个执行者。

东莞湿热的夏天，我从酒店跑到现场，再到陌生小巷里的餐厅、咖啡店和酒吧，就一个使命：找演员——由于他们工作时间都不一样，演员们不会同时出现在现场，而会分散在整个镇里。等找到了所有在名单上的演员，天已经黑了。我准备走回酒店，喝个啤酒凉快凉快。在这个时候，剧组联系我说，拍摄计划有变动，需要再去通知所有演员。

第二天到现场，除了身体比较疲惫，我对剧组已经有情绪了。我在休息区叫人去工作的时候，有演员考验我是否记得他的名字，说如果不记得，他不会配合命令。我努力控制自己不揍他，内心在慢慢崩溃。在前一天的混乱后，谁能记得那么多人的名字呢？我感觉自己干不了这个活了。我后悔来了广东，后悔接了这个破工作。要是有个按钮,我想当场消失。

在拍摄的间隙,我走到摆在大监视器前面的椅子,坐下来喝了点水。"不要坐那个椅子,"副导演小声地对我说,"那是老大的椅子。"我懂了她的意思,她是在好心提醒我。但是我根本不在乎。委屈占据了我的脑海,使我无法冷静思考。我继续坐着不动。当天下午,公司 HR 找我谈话。

"你做了一件很严重的事情,"脸上一副震惊的表情的 HR 对我说,"从来都没有人坐过老大的椅子。"他很冷漠,似乎想保持距离,避免自己不小心对我产生同情。除了开我,我感觉 HR 的潜台词是说:"你不属于这里。"我刺激到了一些什么,仿佛让他见到了某个怪物。他无法接受在当时的情况下有可能出现我这种反应。HR 拿微信向我转了几天的薪水,我就离开了剧组。

东莞的事情泡汤了,但是后面还有戏。意大利朋友要负责电视剧《三十而已》一个摄影组的工作。她不会中文,所以找了我做翻译。来广东之前,我已经在北京和导演面试完并确定了合作。他们给我发了全剧的剧本,让我等开拍的消息。我想,被东莞的组开了也不见得是坏事。多转转广东,再去朋友的剧组。童瑶的名字我应该能记得。

时间变得充足,我一页一页地翻译完《三十而已》四十三集的剧本,用中文和意大利语做场景笔记,还复习了一些摄影相关的术语。不巧,这也不行了。摄影联系我说,她跟剧组闹矛盾了,不干了。自然,我也不用去了。两边都落空,这下我真的没有备选了。我只好认命，那是一个不适合意大利人在中国的剧组工作的夏天。

方向感全部失灵，老许再次出现在我的生活中，并给我指路：一路向北，直到腾格里沙漠。这是老许接到的一个业务：我们要跟拍一群广东小孩的夏令营，做成纪录片。暑假的第三个活儿，不会搞砸吧？我还在东莞，在市区找了个宾馆，闲着待了几天。我逛了一条全是卖木门的店铺的路，还有用秤定价的书摊。说白了，我没事干。我假装考虑了两分钟后答应了。童瑶是见不到了，我去找老许了。

在广州，老许开车来接我。上完北京电影学院的进修班后，老许回了广州工作生活，这里有他的妻子和女儿。我问他关于王泳的事情。"你不要相信他。"老许边开车边坚定地说。"为什么？"我说，车里的气氛显然没有往我期望的方向转变。"他是个骗子。"老许说，目光依旧放在前方的高架上。

果不其然，我在学校认识的王泳不是学校的人。他在北京卖房子，到学校扮演一个导演系进修班的学生，骗了所有人，包括老许。参加一个班里的话剧时，王泳偷走了部分剧组资金。他在老许那里借住一晚，沙发上的现金第二天就不见了。据说，王泳回四川做白酒了。我意识到，那时自己看到的只是很表面的一个王泳。本以为我和他之间仅有语言的障碍，结果我眼前是一个能够顺利骗到同龄同学的表演者。到底谁是王泳？他那时找我借钱，为什么全部还我了呢？我对他那么重要吗？在去机场的路上，我的问题多于答案。我想起爷爷半世纪前对父亲说的话：中国的现实真的很复杂。

像喝了口苦药，老许面无表情地吞下刚刚说的话题。我看不太出他的内心。这个一上来对谁都热情的东北人，能以同样的速度收住自己的幽默风趣，变得严肃沉默。现实会逼着老许临时脱下自己使用过几十年的社会面孔。其实，这有什么好惊讶的呢？那是我单纯二元的思维，用来解读一个房产中介能变成电影导演的世界，根本不好使。

下线版的老许对我没有那么好奇。哪怕我们快三年没见过，他也并不急于问我这段时间发生了什么。这是关系好的意思吗？不用寒暄？或是老许觉得没话讲，也懒得追回生活的蛛丝马迹：日子过一过就得了，你这个老外还想干吗，我要边开车边演脱口秀吗？还有什么上下线版？真是没完了。

老许跟我谈中医。他给我安利徐文兵和梁冬对话《黄帝内经》的播客。一切始于老许感到一只脚疼痛，经过之后的研究，他决定要杜绝冷饮寒食，试图恢复自己的元气。

在宁夏银川，早上出工前，我们在酒店吃早餐。安静的气氛里，老许低声对我说："日本人牛奶喝得太多，会抑郁。"说完，心平气和的老许继续吃蒸菜，似乎刚说的话已经够了，不需要进一步解释。我实在回答不上来。我的无言让老许有了说下去的动力。

"牛奶会消耗身体很多的能量，"老许借徐文兵老师的科普发挥，"消化之后会比较累。做事情会更费劲，觉得生活没意义，最后就自杀。"我边吃茶叶蛋，边思考老许的观点。从早上喝牛奶到干脆想不开，老许怎么也跳过了一些重要的逻辑步骤。但是，眼看着心满意足的老许喝着豆浆，我只好点点头，表示理解。我去拿水果。

"其实凉性食物也不是说物理上是凉的，"等我拿着水果回来，老许说，"你在吃的西瓜也是凉的。"

"西瓜怎么了？"我问老许，心里开始担心在这顿自助餐里没有几种食物是安全的。

"它会消耗你的元气，降低你体内的热量。"老许客观陈述事实。我仔细地观察自己手里的西瓜，仿佛它变成了某种致命的武器。"没事，你吃吧。"老许说，似乎又变成了老老许。

那顿早餐使我变得特别谨慎。西北干旱地带，四十度以上的沙漠，我一整天都避开了冷饮。虽然不知道元气长什么样子，但我的牺牲总算是能保护它的吧。那天的拍摄，我和老许负责不同的现场。再见他的时候，已经是收工后，在酒店的电梯。

"我今天喝了很多牛奶。"老许说，像小孩承认做错事的样子。

"你怎么喝了这么多？"我惊讶地反问。不是早上才说不喝的吗？先是寒凉的西瓜，后是喝牛奶的老许，我今天已经被背叛了两次。老许忏悔完毕，我们到酒店对面的一家烤肉店，坐在室外的桌子。天黑了，环绕着我们的空气依然是暖和的，像个低压的吹风机。我翻着菜单。

"你是不是要喝啤酒？"老许问我。他总能看透你。自从进电梯下楼的那一刻，我已经决定了要喝啤酒。冰的。带着即将要犯错误的意识，我对老许承认了自己的计划。老许会心一笑，点了点头，接着叫了服务员过来。他点了冰啤酒，还要了酒单。看了几下，他给自己点了瓶白酒。第二天要早起，不过，老许说，白酒不会消耗元气。

电影方面，夏天的收获几乎为零，跟我设想的高强度积累经验的档期来比，还是挺糟糕的。我夹着尾巴回到了学校，尽量将前几个月的经历忘掉。腾格里沙漠的夏令营只是个微薄的安慰，像你输了欧冠，输了联赛之后，赢了难以使球迷兴奋的意大利杯。更多，是心酸和遗憾。我本来对电影行业充满着期待，但真的接触了，自己却搞砸了。我为什么不能和其他进剧组的人一样，扛着不满完成拍摄，坚持到大家开开心心地拍杀青照、吃杀青饭呢？自从入学导演系，我不怎么喜欢看电影了。那成为一件有压力的事情：这个镜头怎么拍？演员行不行？我为什么写不出那样的故事？

要重建和中国电影的良好关系，就从重建和北京电影学院宿舍楼的阿姨的关系做起。

她是北京人，准确来讲，西单人。我和她有时候会在电梯里碰见，礼貌地点点头，不久后就争论起谁要先出电梯。我说不过阿姨，因为她会直接推我的胳膊，把我往外推出去，从根源上解决问题。我已经跟她讲过自己来自意大利，也见过几次，可是在她眼里我只来自"国外"。进寝室打扫卫生时，阿姨注意到一个小冰箱，自然地问我："这是从国外带过来的吗？"我说是在淘宝上买的，她问多少钱，我说三百。她没别的要说的。

"这屋里煮了咖啡豆啊。"阿姨忙了会儿之后又说。

"嗯！"我回答，感到了和对方连接的可能性，"阿姨喝吗？"

"不喝，不喝。"阿姨想都没想就说。

"阿姨喝茶吗？"

"喝茶还行。你这有什么茶？"

"红茶，绿茶。"

"英国那边喝什么茶？"阿姨对我的英国室友何东说，终于向他打开我们对话的大门。

"红茶吧。"还没睡醒的何东说。

"北京喝花茶。"阿姨说，反复表示我们的茶不合适。喝茶的话题在此说完了，不过阿姨显然还要忙几分钟，我对交流的使命也没那么容易放弃。我借正来临的国庆假期说几句闲话。

"国庆你们不放假吗？"

"你们不走，我们也不走。"

"那可能我们应该走一下。"

"不！你们这面孔，一看就是外国的，出去也会被怀疑。"

"那就不出去。"

"对。"

"我还听个留学生说，他想去看阅兵。"阿姨说完，我分析她的表情：她看起来并不认同那位留学生的主意。

"疯了！"我毫不犹豫地补充。

"哈！你太棒了！"得意的阿姨说，说明我台词说对了。

"电视上看不就行了吗？"我兴奋起来。

"就是！"

"去看也看不到什么！"

"对！人太多了！你喝点咖啡看看电视，多好。"

"很舒服！这七天都不出门。"

"哈哈，不用！今明两天不出门就行。"

"好！"

和阿姨的对话包含着一个我自己最近一年忽略的问题：想好好创作，需要关注周边的世界，而不是关在房间里。我太沉迷于自我表达的欲望，嫌弃去同学的剧组帮忙，以为自己专用的时间越多，我的创作就会越好。可是情况没有朝着我的预期发展，我反而变得更封闭、更暴躁。我要走出寝室的门，和别人一起做事情，不怕把手弄脏。我要去演戏。

一个接一个的参演邀请，我都爽快答应。在天安门寒冷的清晨，我演马可·波罗。我也演海边的绝症患者，还有苏联时期的宇航员。北京的冬夜，我和导演会围着铜锅取暖，在拍摄前透过水蒸气先了解彼此。在演员这个角色里，我重新找到在剧组的归属感和尊严。从镜头前，我能感受到中国青年导演们对创作的热爱和认真。这会让你想要和他们一起努力。

有天中午在学校，同学约我去食堂一层的新疆餐厅，说想让我演他片子里面的一个外国记者。片子的剧情围绕着虚构的河西大学的学生会选举。

片子叫《正常》，后来入围了独立电影批评家张献民的第二届"十荐"评选片单。导演叶星宇接受采访时说，在创作过程中"没有遇到（老师的）阻力"。他的导师对他说过一句让他很感动的话："将来你出去一定会说假话，但是我要先教你怎么说真话。"确实，在校外，《正常》遭遇了一定的阻力。

在喜欢玩隐喻的学生短片中，《正常》因它比较直接的风格而突出。在短片的豆瓣条目底下，这似乎是最吸引观众注意力的因素。有些评论认为《正常》的表达方式过于直白。翻着评论，你可以找到导演本人的回应。

年底，我走在校园。举目四望，有一群在校园小道上站着的人。他们之间会保持一些距离，像是每个人在自己身边画了个四平方米的个人区域。大家站在原地安静地翻资料。我似乎走进了一幅画，里面的人物一动不动。我经过他们往宿舍楼走，只听得见遥远马路上的车流声，甚至能意识到自己脚步的声音。我瞬间想到那种一群人各戴各的耳机，到一个小广场无声蹦迪的场景。这里也是，他们都按自己的节奏来，翻一翻资料，查一查手机，再抬头，又开始翻。这是今年报考的场景。人人迫不及待地想发挥自己的力量，对行业更光明的未来充满期望，这就是中国电影最好的时代。

北京，北京

> 小心忙碌生活中的空虚。
> ——苏格拉底，公元前5世纪，希腊

走出学校，到西土城站坐上地铁，我感觉自己在北京了。车厢混杂的噪音中，顺时针方向的十号线列车到北土城站，再到三元桥、团结湖、呼家楼。我下车走进换乘通道，戴着耳机快步前行，仿佛成了尼克·霍恩比小说里的人物：迷失在人流中，被城市的齿轮所吞噬，我也能装作自己有事情干。

当了研究生，我便获得了一个比较模糊的身份。每当别人问起，我可以回答自己在读研，但又似乎不用在日常生活中为此负责。每天的时间很多，像一张充满可能性的白纸。这并不给我带来任何空虚的感觉。在机构教书的那段时间，我已经够忙了。其实，我那会儿又羡慕起利诺。不是因为他的中文，而是因为他手里的时间。和我的决策不一样，他早就申请了奖学金。研究生入学前的整整一年，他带着生活费和租房补贴到学校上汉语班,下午就在家画画,约朋友去电影资料馆,周末去三里屯给两个中产阶级的孩子教教法语,轻松搞定他的零花钱。客观来讲,他赢了。我每天像条钟摆,随着惯性在地铁五号线的两端来回摆动。利诺过得很滋润,我活得很累,最后自己手里的钱也没有比他多多少。我甚至开始对他心怀怨恨。这就不对了。我决定,不能厌恶利诺。相反,要以他为榜样,改造自己的生活。承认自己的策略有错误,不丢人。像非洲作家丹比萨·莫约所说的:"种一棵树最好的时间是十年前,其次是现在。"现在也不晚,现在也行。利诺,要闲就一起闲。

我学利诺学得那么像,他都要开始模仿我了。为了降低生活成本,他放弃北影小区的房子,和我一样回到学校住。钱不太吸引我们了:非必要,就不工作。只要给我们时间,其他的无所谓。我们像是在学校争取到了某种经济庇护,并打算好好珍惜。身在福中,我们一定要知福。从莎士比亚那会儿到现在,时代变了,需求不同。我要当威尼斯的闲人。

我变成一个城市中的过客:不断地左右漂着,轻易地出入各种场景,满足于仅当个配角,再转场到下一个。我经常忘记自己是一名研究生。这个外壳像一本护照一样便利,它允许我顺畅通关,到处被认可。我用它来探索这座城市。北京很平,地铁线的地图也平。但我感觉它是有层次的:比起东南西北直线行进,我似乎在不同的平行世界之间切换。知春路是盲人按摩,亮马桥是西餐,朝阳公园是足球,胡同是诗歌和电影,三里屯是各国大使馆。保持流动,就能继续穿越。

我喜欢去国贸。出门前,我会仔细挑衣服,尽量为自己打造出一个年轻白领的形象。午饭高峰,我会去一家繁忙喧闹的日料店。我一点也不赶时间,可是为了符合店里的气氛,我还是会快点吃。在这样的地方,坐在其他桌的人都是好不容易抽出空,暂停下当天的工作,到外面吃一顿。他们马上就要回公司了。所以我要像他们一样,专心干饭,同时思考下午的事情。我努力模仿大家的样子,偷偷拿出手机查骑车去日坛公园的路线。要说为什么会喜欢这么做,我觉得是因为能够减压。穿上国贸装,我可以忘掉海淀的那些破事,什么作业、勘景、找演员。到这里表演,像是从平时的生活里请了个假,体验一些你没有选择要过的人生。

在日料店吃饭的时候,我开始想象自己在国贸生活的细节。我在什么公司上班?国际贸易公司吗?而且我做什么?翻译吗?听起来是我可以做的。或者,这毕竟是想象出来的世界,为什么不能更偏离自己的实际情况一点呢?为什么不能是在投行做分析师呢?那样的话,圈子也不一样。同事或朋友晚上会约我去喝威士忌吗?周末打高尔夫吗?对不起,我对投行分析师真是没有什么概念,我也不知道会干吗,在哪里住。在人生的那个版本里,我可能从来没去过海淀区。立水桥?听都没听过。我的心态会是什么样的?我奋斗的动力是什么?升职吗?升职又是为了什么?面子吗?还是为了跟上消费欲望?我对这个人感到有些陌生，毕竟我们始终没见过。但是，有一点我是知道的：那个人肯定不会接受这样一个连洗手间都没有的日料店。忙了一上午的投资分析，还要跑一百多米到旁边的大厦才能洗个手吗？真实的我都放弃了。

要找到比我更闲的人，要去三里屯。更具体点，要到大使馆里面。这件事情也有利诺的影子。刚到北京，我们去各国大使馆听讲座的时候，利诺认识了一个做幕后工作的男生，是个和我们一样的留学生。那些讲座是由一个非营利组织举办的，组织成员大多是不同国家的大使们的妻子，因此下面简称为"大使老婆团"。过了一段时间，利诺得知那个男生要离开北京，大使老婆团中的活动助理岗位也就空缺了。不知是不是嫌弃我和他一样闲，也不知算不算恶意推荐工作，利诺列出了助理岗位的一系列好处，建议我投简历试试。我也就去了。

每月一两次，不同国家的驻华大使馆会提供场地举办讲座：荷兰、土耳其、新西兰、冰岛、德国、阿富汗。大使老婆团就忙着构思讲座，联系嘉宾，做活动宣传。作为助理，我会参加她们每月一次的会议，负责做记录。我还会参加每次的讲座，并写出活动报告发到她们的网站上。薪资只有一千二，而真正的收获是美食福利。到冰岛的大使官邸吃早餐，能让我一早起来就兴奋地出门坐上地铁。印度大使馆的自助餐，让我至今都无法忘记。

讲座本身的内容范围很广，从中国的天文研究和经济转型，再到实验水墨的艺术和白塔寺的街区更新。在大使馆里，我认识了艾杰西，一个在胡同里开了剧场、举办中英双语即兴喜剧工作坊和演出的美国人；会武术的吕克·本扎和会北京话的安地，他们是国内影视作品中常出现的那种老外。在这些安静的夜晚，我和中国的距离逐步拉近：面对这些活生生的人，历史事件和文化产业不再抽象了。

至于活动背后的大使老婆团，只能说利诺也会羡慕她们。她们最闲。归根到底，她们成立的是一个贵族般的俱乐部。白天，丈夫处理正事的时候，她们由私人司机送去赴麻将约。丈夫给她们唯一的任务是不把事情搞砸，因此讲座需要注意避开过于政治敏感的内容，特别是对外宣传的活动标题。一个坚持想要举办女权方面讲座的成员后来离开了大使老婆团。据我了解，她现在在卖有机果酱。

"亲近自然，回归传统。春生，夏长，秋收，冬藏。"和老许的相处大幅度滋养了我的疑病症。在北京的夏天，我躺在床上，听徐文兵和梁冬聊《黄帝内经》。他们谈论古人的习惯，批评现代人的毛病。透过徐文兵老师的滤镜，周边的生活简直充满对我们身体的威胁：办公吹冷空调、下楼吃冰淇淋、运动完喝冷饮、回家吃冰西瓜。出个门看见街上的人，感觉他们都在自杀。我开始担心自己身体里的寒气。它是从哪里来的？已经在我这里待了多久？在餐厅，服务员拿着冰水壶走过来时，我只好拒绝，问有没有开水。我感觉自己是一名到处抵抗邪恶寒气的孤独的战士。我没有明显的疾病，却陷入了深深的危机感。

我去知春路的盲人按摩店办了一张卡，在那里认识了三号老师。他三十多岁，来自甘肃，是店里的资深技师。他手法比较重，疼点找得很准。仿佛是在赎罪，我努力忍受。"痛吗？"三号老师问。"还行。"我试图骗自己说。"痛！"撑不住的时候，我还是会承认，且默认这意味着认输以及痛苦的结束。"那就对了。"三号老师说，并以同样的力度继续按。

"酸吗？"

"酸。"

"酸还是痛？"

"痛。"

"不酸吗？"

"也酸。"

"酸痛？"

"酸痛。"

这是我们之间很典型的一段对话。"你很瘦。"每次开始做按摩的时候三号老师会说。"嗯，"我会回答，也不知道该说些什么，"我一直都是。"他会问我多久回一次老家，老家什么天气，老家吃什么，有没有兄弟姐妹。他很会读气氛，一般刚上来聊得比较活跃，随着按摩的节奏，我会渐渐犯困，他的话也慢慢变少，直到我彻底睡着。半小时后醒来，时间就差不多了。三号老师拍我后背三下，叫我过会儿结账，喝点水。按了那么多次，三号老师一直保持着边界感，从没让我感到聊得不愉快或隐私被冒犯。约不上他的时候，我几乎不会去。

三号老师说我脾胃不好，湿气很重。"你赶时间吗？"按摩做完，他会问我。我经常会留下来做个刮痧、拔罐，或者艾灸。至于怎么解决我的问题，三号老师的建议比较有限：不要长时间保持同一个姿势，不要熬夜，要吃早餐。我决定到北京南四环外，去看中医。

我躺下来，医生问我谈过几次恋爱。"你有三次受了比较重的伤。"他摸着我肚子说。我用一个比较万能的说法来回答："差不多吧。"

医生在给我做针灸。我躺在非常简易的、类似盲人按摩店里的那种床上。我身后和右边是墙，前面和左侧是窗帘。上午10点多，阳光透过窗帘照进来。房间里还有很多其他的患者，都和我一样被用窗帘隔了起来。给我扎了好几根针后，医生走了。过了十分钟还是十个小时，我也不好说。我只知道现在痛死了。这就是我的临终床吗？我还没做好准备。

出于尊严，我想自己忍着，但后面实在是忍不了了。我发出绝望的呻吟，希望医生能尽快回来。不知道他是对这样的反应已经习惯了、麻木了，还是走远了根本听不到。过了挺久，他才终于回来了。医生的判断就是，我的胃病来源于焦虑。去治的话，他说要几个月到半年。我找的其他中医说我没什么大问题，一两周就可以了。可能是这两个医生对恋爱的看法不同。

"你的洋气可以抵消寒气。"同学叶星宇让我放心。

按摩完回学校,寝室里接下来的两天都会有艾灸的香味。我无法用英语向室友何东解释我做了什么,只说它涉及烟,我们从此也就那样指它。何东是学电影摄影的,和导演专业的我相当于彼此成就:我们一起拍东西,从讨论构思到拍摄和后期——当他和我讲要给中戏的人做摄影,还给我看剧本时,我忍不住感到自己要被出轨了。他和澳大利亚朋友本杰一起构成了那些年我的精神支撑。在陌生文化里摸索前进的过程中,他们给了我一种依靠,一种随时都能够切换到最熟悉的交流模式的安全感。

我和本杰也是在汉语初级班认识的。他后来找了份工作,在一家中国官媒负责英文内容。过着首都白领生活的他成了我面对社会的窗口,让我跟校外的世界保持连接。他住在中国美术馆附近的东厂胡同,有人说他像个地位不够高的小妾,只争取到住在紫禁城旁边的资格。本杰周末值班,我们喜欢周一晚上到亮马桥的大跃啤酒。在学校,大家关注社会事件的热度有些低,发言也比较谨慎,平时都喜欢聊和学业相关的。而本杰算是新闻工作者,不仅跟我谈论,他还可以分享编辑部的内幕。我们借着酒精尽兴聊,聊到十号线的末班车时间为止。

我们的关系简单,也因此而舒适。可能会有段时间都不联系,然后本杰或我随便发给对方一个文章的链接,闲聊几句,约下一次大跃啤酒。我有次一口气交一年的房租,向本杰借了些钱。他有次写关于北京电影学院入学考试的报道，为此采访了我。多亏工作福利，我们一起去天桥艺术中心，看了一场《杨门女将》。我们的生活在平行的轨道上进行，却总是有交叉。

何东见证了我在日常生活中的本土化走向，说我是他认识的"最中式的白人男性"。在网上查一部电影的时候，他发现我用的是豆瓣而不是谷歌。在外面走路，我把"天桥"说成"sky bridge"，沉默了一会儿之后，我们两个人都笑了。不过比起"pedestrian overpass"，"sky bridge"显然更简单、更有画面感。在大钟寺吃烤肉的晚上，服务员将刚上的三瓶啤酒都打开，我习惯性地站起来给每个人倒酒。何东看起来有些担忧，认真地看着我的眼睛说："这有点太中国了吧。"那时候，我可以用中文生活，但是依然难以表达自己的幽默。我会尝试开个玩笑，接着得到一片沉默。一天下来只说字面话，让我很难受，会觉得生活缺乏层次。幽默交流这种需求，我仿佛外包给了何东。没事，我们就坐在寝室煮一壶咖啡，吐槽最近遇到的事情，不担心说的哪一句话会让气氛变得尴尬。

除了可以和别人谈恋爱，两人一间的室友关系跟夫妻差不了多少。双方都很清楚地了解彼此的习惯，包括几点出门，几点回来，去跟谁见面。在我出门频率比较高的一段时间里，当我手里拿着运动包准备去踢球，走到门口跟何东说声拜拜时，他会装撒娇的样子回答："哼，我们俩真是过不下去了！"

有次天还没亮，我都不知道何东是去哪里，跟谁见面，早晨 5 点却被他开门的声音吵醒了。我假装自己还继续睡着，毕竟我感觉他应该是醉了，加上我思路还不太清晰，也不太期待这样的交流。因此我躺着不动。根据从洗手间传来的声音，何东在烧水：我先听到的是水龙头的自来水声，再是水壶的盖子被关上了，接着它的电线被接上了插座，最后是水壶的按钮被按了。对，我真是个万无一失的侦探。

事后才发现，我通过声音在脑海里画出的场景跟实际情况发生了偏差。我大概是在听到玻璃碎了的那一刻意识到的，因为自己无法想出对应的画面。玻璃破碎时，何东已经不在洗手间了——他已经躺到床上，在等水开，所以这也不是他干的。我记得玻璃唯一可能的来源，应该是我的酒杯，我洗完了放在水龙头旁边晾干的。遗憾，又少了一个。下次俄罗斯女生来喝酒时，不知道酒杯还够不够用。

我决定坚持不动。虽然越来越不可信，我仍装作一副熟睡的样子。酒杯已经在地上被摔成了小碎片，也没救了。我努力让自己不去想，一想酒杯就心疼，心疼就睡不着觉。现在也才 5 点，大冬天，按徐文兵的说法起码还要再睡两小时。再说何东好像也不管了，他还在床上躺着呢。他也许放弃了喝水的计划，也许是喝大了。

焦味。好像真是焦味。我想，这下还是去看下吧。突然得从床上下来，我内心有点烦，大步流星地走到洗手间里了解情况。灯还开着。跟我想象的一样，地上满是酒杯的小碎片。再往上一看，是洗手间台面上的水壶。我注意到，水壶的电线并没有被插上插头——它自由地在空中悬挂着。反而，煮咖啡专用的小电炉被插上了，它上面直接放着水壶。平时这样的摆放是为了解决一个现实的问题——水壶的电线比较短，需要小电炉的支撑才能插上电。这下，插错电线了，水壶被烧煳，掉下来连带着酒杯砸在地上。

敲门声响起，来了两个保安。楼道的烟雾报警器一响，他们就过来了。我穿了条裤子，开门接待。我说这边出了点小事，现在已经基本控制住了。他们说行，就走了。何东在床上坐起来，一副发呆出神的样子。果然是醉的。他不知道刚发生了什么，我和他交代了一下。他好像懂了，说我说得有道理。有道理就好。

醒都醒了，我从楼道里拿了把扫帚，准备把酒杯的小碎片扫干净。发现我忙起来时，何东让我回去睡，说他来弄。

我上午9点多才醒来。回想起洗手间的事、烧水壶的事、两个保安的事，都是迷迷糊糊的记忆，像是酒杯的小碎片。不过现在，洗手间里的地板上什么都没有了，是不是我做了场梦？室友跟我说，他在淘宝上买了新的水壶和小电炉。

那应该不是梦。

> **We are the real life, walking, talking Peter Pans who listen to all the nineties indie bands.**

What an age to be alive!

No need to cook, no need to drive,

we'll learn when we're 55

us evergreen ever-teens.

我们是真人版，行走说话的彼得·潘

听着九十年代乐队

多好的时代啊！

不用做饭，不用开车

等我们五十五岁时再学会

我们常青永远的少年

We are the inheritors of the earth.

Too meek for love, too scared of childbirth.

Living our life for the every day,

vitality keeps old-age at bay,

crystallizes is how we'll stay,

to stay eternally this way

as evergreen ever-teens.

我们是地球的继承者

太温顺以至于畏惧爱情，太惧怕生育

为了每一天而活着

活力使老龄远离

凝结着我们永远地这样不变

像常青永远的少年

We are the ageless, the paperless,

the fashionably faithless.

The raving, the scathing

in need of entertaining.

We are the beautiful, the youthful

the totally unuseful,

evergreen, forever teens.

我们是无龄无纸的

时髦的无神论者

狂热的、尖酸刻薄的

需要娱乐的

我们是美丽年轻的

完全无用的

常青永远的少年

这是迈克尔·伯顿写的部分诗歌。我们是一起在朝阳公园踢球认识的。我偶然加入了迈克尔和他同事的足球圈子，他们几乎都是英国文化教育协会的工作人员，特别是雅思考试的考官。我曾经在百子湾面试过一家英国人开的传媒公司，没有什么后续，但是由于加了微信，我看到了他临时发的球友招募，就去了。那成为我在北京最固定的足球圈子。传媒公司老板没有在球场上出现过，也许那次就是他放鸽子了，找人替他去。而在那些雅思考官的身上，我找到一个很奇妙的连接：我们之间缺乏任何工作或文化上的关系，只有语言和足球是共同的。我们相处放松又自在。因为他们比我大个五到十岁，我们也体会不到同龄人之间的那种竞争感——一个是北欧的考官，一个是南欧的研究生，实在是找不到什么冲突点。从每周一下午6点开始，我们就是两小时的朋友。

听到那首名字叫《常青永远的少年》的诗，是在东城区胡同里的摄影笔，一家比较文艺的咖啡酒馆。迈克尔的艺名是NotAnotherPoet，"不是又一个诗人"。周五晚上，诗歌之夜，摄影笔二层的放映室坐满了，气氛热闹又带着期待。迈克尔站在台上，和观众确认表演上的配合：每讲完一段，他会停下来，而观众会喊出诗歌的名字："Evergreen, ever-teens"。这首诗是给这些人写的：那些忘记了自己的年龄，生活在北京，白天挣钱，晚上喝酒叫滴滴的外国人。

对老外来讲，中国是一个可以让时间静止的地方。远离自己的原生社会，没有人催你到点要怎么样，你因此获得了某种无年龄的身份。中国人倾向于和你保持某种距离，不太可能催你到某个阶段要做什么事，像结婚生子。你完成自己的本职工作就已经足够，只要合法合规，没有人管你下班后去干吗。这样的关系虽说有些功能化，但也是一种双赢——社会享受了这些人的职业技能，而他们拥有了无尽的青春，这就是人民币之外的福利。有人说，这里是老外的梦幻岛。

失去的是生活的节奏。二十多或四十多，你可能过得都一样：还是那些教育行业的工作、那些酒吧和出租车、那些快递和高铁。尽管有积蓄，但没有成长。你交了张门票钱，梦幻岛负责幻想，可不管别的。职业规划、自我价值、艺术创作：这些都很容易被自己无视掉。

2008年，里克带着成为一个作家的梦想来了中国。他和朋友从苏格兰开车出发，决定一路开到中国。一辆灰色本田带他们穿越欧洲，经过土耳其、伊朗、土库曼斯坦、乌兹别克斯坦和吉尔吉斯斯坦。即使凌晨3点到达汽车旅馆，里克仍然会坐下来，在睡前坚持写旅行日记。快到边境，他们才得知不允许开车进入中国。原计划失败了，他们继续开车到俄罗斯，经北欧返回苏格兰。历时一百零三天，行驶了两万四千一百四十公里，里克回到了原地。

到中国以后，里克的梦想只持续了三个月。那段时间，里克想的是不要去上班，要写一篇小说。他要写，也确实制订了个计划，但很少有一次超过一个小时的写作。至于要写什么，他不是很清楚，只有一些模糊的小说想法、零散的故事和场景。里克记得某一天，他真的坐下来写了一两个小时，写了几页的东西。这也是那三个月里唯一的收获。

里克考虑去做雅思考官。他觉得那样的工作挺好的,会让自己有写书的时间。但是,后面的十几年过得比想象的更快。由于工作性质,里克一直在路上,跑全国各地去面试雅思考生。只要在移动中,里克就感觉生活在以一种有趣的方式前进。即使连续多年每周都去哈尔滨,总是在同一个地方,看到同样的人,做同样的事情,他仍然会感到兴奋。里克像是走上了一台薪水还不错的跑步机,似乎也没必要停下来。

加上每年一两次到亚洲其他国家旅行,去美国自驾游,里克感觉自己的生活相当充实。他比较满足,缺乏创造第二种生涯的推动力量。渐渐地,里克甚至不再把它当作一种可能。他只是继续做他的工作,不嫌弃做考官的收入和出差住的那些酒店。当考官简单,都不用教课,这是什么天堂呢!日常中所有做的事情,仅因为发生在复杂的中国,总感觉比在老家更有趣点。不写小说,里克也完全能够习惯这种生活。里克感觉自己找到了第二个青春,而且这也许比第一个还要好。

下了班,里克会见朋友,喝酒,喝太多酒,无所事事地消磨时间。除了工作之外,他无法进入做别的事情的状态。主要是,他无法完成任何一个项目。里克有一首从十九岁时就开始演奏的曲子,经过二十来年无休止的修改,仍未被做成过完整的歌曲。里克至今还在做雅思考官。

在梦幻岛上,你能感到每天的匆忙,却感觉不到每一年逝去的必然。

周二晚上，是我美食朝圣的时候——那天比萨半价。我坐地铁十号线，出站走几分钟到福弥——亮马河边上的意大利餐厅。餐厅的原名是"Fiume"，河。讽刺的是，由于亮马河的景观改造工程，在比较长一段时间内，河里没有水，给在福弥就餐的体验打了一定的折扣。工作日的晚餐，客人极少，气氛安静，有时只有我和服务员。我喜欢一个人去，不用和别人对上时间，还不用说很多话。福弥是我在城市中的静修。透过玻璃墙眺望河对面的小区，我貌似能够和自己的生活拉开距离，所有的情绪都会得到平复。不管多忙（其实也不忙），我都不会错过这一周一回的比萨仪式。

意餐，大跃啤酒，当学生也追求朝阳区的消费时，就得补充补充收入。通过某个在北京的意大利人的群，我找到个活儿。东直门一家比萨店的老板想让自己的女儿学意大利语。他老婆是中国人，他是意大利人，但没时间教。时间上的灵活使我顺利地打败竞争者。面对中产阶级的客户，我想起利诺在三里屯教法语的经历，便告诉自己：开价千万不要客气。每周两次，每次两小时，我甚至能考虑周末也去福弥了。

女孩叫朱莉拉。白天，她去上意大利使馆的学校。她其实口语交流没什么问题，只是搞不懂意大利语的语法。为了练习时态，我让她写关于下次放假的期望和关于过去的某段记忆。我让她每天写日记，练习写作，顺便让我了解她的生活。我通过日记发现，朱莉拉生活上的问题能很快得以解决。11月17日，她抱怨自己没有朋友，一到教室，其他人就躲在桌子下面。11月18日，她和奥洛拉聊了天，商量了去奥洛拉家住一晚的事情。11月20日，她和全班同学一起玩耍，偶然将一把椅子扔到同学的头上。

据朱莉拉的造句练习题，她的妈妈爱吃辣，爸爸穿格子内裤，阿姨生病了，马克有三十二块橡皮。周六陪妈妈去趟办公室，朱莉拉描述了一个尴尬又真实的场面：

我们在办公室等待一个对于妈妈来说很重要的人。妈妈给他介绍了他们在做什么，介绍完就想要给他看看我们的比萨店。我们点了单，准备吃饭。爸爸也来店里了。他去了厨房，并吵起了架。妈妈的客户就说："我有点事情，先走了。"送完他以后，我去跳舞了。跳完舞回家时，妈妈很难受。爸爸做了晚饭，妈妈头很疼，不想吃饭。

连朱莉拉都懂了，这些老外不靠谱。那时候，我刚拍完了个学校的作业，准备周五晚上带全剧组吃杀青饭。何东带上了几瓶朋友送的好白酒。终于卸下了拍摄的压力，我就喝大了。第二天早上9点，要给朱莉拉上课。

我居然醒了。8点多。从床上爬起来后，我赶紧拿起桌子上的钱包。仔细检查后，是空的。我很久没有通过钱包寻找关于前一天晚上的线索，试图填充断片期间所消失的记忆。我记得晚上7点出门，钱包里有八百块钱。我约了剧组去五道口的一家粤菜馆。我记得当时就想着，刚好把抽屉里的这些现金给用上。我给朋友发微信问："我昨天买单了吗？"他说买了，刚好是八百。

脑壳疼，也只能怪自己了。我努力地把身体带到了地铁站。幸好，周六早上的车厢并不挤，可以坐。我有九站的时间来做勉强面对世界的准备。到了亮马桥，我从地铁的黑暗里走出来，买个牛角包，扫辆单车，仿佛开自动驾驶般骑到朱莉拉的家。

朱莉拉的妈妈开了门，让我换拖鞋进去。她走进美式风格的厨房，围着岛台忙活，边烤蛋糕边和客户打电话。我到客厅找朱莉拉：她已经坐在桌旁，成功在妈妈面前扮演乖巧完成作业的好女儿。工作日上课时，家里只有阿姨，没有爸妈，我对着兴奋自在的朱莉拉尝试讲语法，她听了两句就转移话题，开始给我汇报她当天在学校都发生了哪些搞笑的事情。周末爸妈都在，她知道及时调整状态。她偶尔会碰碰我，低声开个玩笑，紧接着恢复一本正经的样子，继续上课。我工作日的待遇是阿姨送上的一杯白开水。周末，朱莉拉的妈妈用家里的咖啡机给我做了一杯浓缩。

那天，我真的该拒绝。经验教过我，用咖啡缓解宿醉不是什么好办法。只不过朱莉拉的妈妈一问喝不喝，我感觉如果拒绝了大概会需要编出一些特殊的理由，毕竟我以前从未拒绝过。而我当时的思绪严重跟不上和她交流的节奏，想不到理由，所以就答应了。喝完，我脑海里出现了今天最糟的结局：和朱莉拉上了十几分钟的课，我就感觉不行了，干脆和她妈妈认错，这次的费用不要了，下周再补一节。我对这一幕已经做好了心理准备。

咖啡所带来的短暂的清醒让我度过了前半个小时的课。效果渐渐变弱，我决定试试到洗手间用凉水给自己提神。回到客厅，朱莉拉说她也想去洗手间。过了几分钟，她表情迷惑地走到我面前说："你干吗用这么冷的水洗手啊！"跟喝不喝浓缩的提问一样，我这下也说不清了。我问她为什么不把水调热一点。

"不行，"朱莉拉快速回答，仿佛她知道我会问这个，"需要等很久才能调温度，这样会浪费很多的水。"朱莉拉，你放心，咱昨天光喝白酒，水省得也不少。

我又跑了几趟洗手间，尽量安静地吐了一点点，又回来面对朱莉拉的疑问："你怎么总是去洗手间呢？"她妈妈回到卧室里工作了，爸爸那天始终都没有出现。没有人监督她，朱莉拉比较放松。她讲到前几天在小区院子里跟姨妈一起堆的两个雪人。故事讲完了，她直接站起来小跑到客厅的另一边。我们一起站在客厅的玻璃墙面前，朱莉拉边讲边用手示意堆雪人的场景。冬天中午的阳光打到我们脸上，照亮窗外的望京。朱莉拉讲着讲着，我酒醒了。

坐后排

> "意大利,好浪漫!"
>
> ——中国的很多出租车司机

"你们意大利人多吗?"

"大概六千万人。"

"那挺多的。"

"还行。"

"房子一平方米要多少钱?"

"我不了解。"

"买个别墅多少钱?"

"没研究过。"

"你觉得东西方有什么区别呢?"

"一两句说不清。"

"你们意大利讲什么语?英语?"

"意大利语。"

"哦。用什么钱?"

"欧元。"

"一欧元值多少人民币呢?"

"八块钱左右。"

"特吕弗和戈达尔也是意大利人吗?"

"法国的吧。"

"哦。意大利……是一个什么国家?"

"资本国家。"

"自由吗?"

"大概吧。"

"吃辣吗?"

"不多。"

这个对话的不同版本会一直伴随着我在中国的生活——以至于让我怀疑,自己是不是不了解意大利的房地产,以后就没有朋友了?我发现,外国人的身份有点太重了,会很难让对方自然、自在地和你交流,涉及的话题范围也非常有限。坐出租车被司机问到自己是哪国人的时候,我都开始考虑要不要说点别的国家,像德国,好歹能聊点足球之外的。我每次出门仿佛举着一张写着"我是外国人"的牌子,持续吸引着一堆跟我个人没什么关系的刻板印象。

也许最能体现出我的心境的是在南方某个二线城市发生的

事情。我是因为转机而路过。停留的时间比较长,要等第二天才能有航班,我就在机场附近的小区租了个小房间住一晚。安顿了下来,我准备下楼去吃点东西。电梯下到一层开门时,我面前是几个闲聊的年轻男女。

我想起来这不是北京,对方可能会对我的出现有一些反应。他们一下子暂停了对话,仔细地把我打量了一遍。这都算是在我的意料范围之内。

我走到单元门口时,他们终于又说起了话。"我就是很怕外国人。"其中一个女生对朋友说。楼道极其安静,声音特别清晰。

我选择装作什么都没发生,照常出门,到街道的路边摊吃炒粉。摊主和居民都很友好,这使我的内心更为复杂。新奇的面孔一贯能保证你到全国各地都会有特殊的招待、热情的问候。在他们眼里,你来这个国家有十天还是十年,其实都一样。这是多么让人沮丧的事实:你付出了时间和精力来熟悉这里的语言、社会、文化,调节了各种不适应,甚至有了归属感,最后别人看到的还是一张外国人的脸。而讽刺的是,那样的相处又意味着一种安全距离。一旦走得太近,你会听到一些你不该听到的话。

表面上的好客对脸不对人,意味着某种交流上的分裂。你要拿自己的老外身份来迎合对方,同时在内心做出真实的反应。回到小区时,我又在电梯里遇到了那几个年轻人。我的情绪已经很冷静了,决定打破我们之间的僵局。我等到和刚才发言的女生对视时说:"不用怕嘛。"她震惊了,一时说不出话来。然后她拼命地道歉，直到只能夸我的头发好看。

在外地找住宿也如此。一是想省钱，二是想住得低调一些，不去什么国际大饭店。可是这样单纯的想法在现实中竟也如此艰难。偏高档的酒店一般没问题，但是中等以下的酒店会不会接待你是一个旅行中常年存在的未知。我会提前做功课，在携程上筛选"接待外宾"的酒店，可这也不是很准，有时候充满自信地到了前台才被拒绝入住。因此我会先打电话确认。

有一次逛南方的小城市时我心情还不错，路过一家有些破旧的宾馆，规模比较小，能接待外国人的可能性不大。我直接进去了。在前台值班的阿姨显然感到惊讶，但没有拒绝我。她说这是第一次要帮外国人办理入住——这就是我希望会遇到的情况。趁她对业务不熟，我成功入住了。到房间里打开电视，有英超的比赛。走了一天，我躺下来看球，感觉很踏实。然后，有人敲门。前台的阿姨发现了他们宾馆接待不了外国人。我虽然已经在穿着内裤看球赛了，还是得走。

这样的事会摧毁那些关于融入当地社会的幻想，提醒你，你始终只是一个没有身份证的外国人。有一次和几个同学去南京拍摄，我是剧组里唯一的外国人，剧组也没想到要因为我而做特殊的准备。深夜到南京时，同学们陆续入住，酒店拒绝了我。我感到熟悉的无奈。邀请我进组的同学从没见过这样的场景，他又吃惊，又对我感到抱歉。他拿着我的校园卡给酒店前台的工作人员看："他在中国读书，他和我们一样，他，他不是外国人！"我在旁边观看这一幕，心里很清楚说这些都没什么用，不过还是对同学为我做的辩解感到很荣幸。他的意思其实是，我不是一个外人。只不过他歪曲了事实来表达这一点，笨拙、可爱，还有些精准。

我花了很久才学会不把这些往心里去，让入住酒店的焦虑转化成佛系的态度，坦然地面对路途上的不便利，仿佛被拒的是护照上的那个名字，而不是我这个人。甚至你迟早会认定这根本不是你配得上的东西，就像你无法在网购平台下单跨境进口商品一样。外国人的生活体验相当分裂：一会儿享受超国民政策的优待，一会儿连普通消费者都不如，购物出行都有阻碍。精神上更是如此。在北京出生、长大、读书、生活、工作的美国人参加朋友聚会时还是会被说"老外不懂"，并以此为由被阻止参与一些话题。为中国经济贡献了整个职业生涯的德国人满六十五岁时无法延续工作签证，因此不得不离开自己几十年的家，定居在新加坡。这些真实经历都在告诉你，可以来这里学习、工作、生活，但你不是，也可能永远都不会是"自己人"。

而我离开罗马到中国已经有三年了。我在北京几乎没有什么意大利朋友。回老家的时候，高中同学说我讲的是中式意大利语，带音调的。发语音给我妈时，我经常停顿下来，想不起来词，最后说的是有中文翻译腔的语句。可以说，不是意大利人，也不是中国人——我被夹在中间的一处灰色地带，似乎摸不清自己是谁了。

不过，基于坦诚——以及身边人的犀利提问——我必须要回答一个既现实又比较哲学的问题：如果真的能融入社会，我会想要吗？有没有其实不想脱下外国人这个身份的时候？有没有想退后一步的情况？融入了，不就没有梦幻岛了吗？我想了一下，一次在八宝山的下午茶给我提供了一些线索。

我去见了一个不太熟的朋友。他是中国人，他老婆是意大利人。因为他老婆在北京朋友比较少，他叫我到他们家附近一起吃个饭，聊聊天。我们在地铁站附近的商场吃烤鱼，在场的还有他们三岁的小女儿。那天，我内心认为自己是某个被他们请来的社会观察者。我平时不会在周末挤商场，聊聊孩子的问题。考虑到客体的陌生程度，比起普通社交，这更像是一次田野调查。我告诉自己，这绝对是一次全新的、和我的生活毫无关联的体验，这样才能够放松地享用那条烤鱼。

我们聊的大部分是他们的事，特别是他老婆的事，关于同时带孩子和工作的事。我认真地倾听，并提出建议，让她和我另一个像她一样教意大利语且有孩子的朋友认识认识。我想过，这大概是我今天最大的贡献，连接了两个应该会聊得来的外国人。加上我从市区跑了一趟，他们来买这个单也不过分吧。我得意地猜测后面就没有我的事情了。

"对了，亚历，"朋友说，聊天的方向盘突然对着我，"你多大了？"

我感到有点奇怪，但也还行，这些不是不能说的。我如实回答，期待着对方的某种对自己已经流逝的青春的感慨。

"那也差不多了。"朋友自信地说，似乎手里有方案。我一时不懂他想说什么。"可以想一想稳定下来的问题。"朋友接着说，解决了我的困惑。他想说的其实很清楚，甚至摆在我面前：一对结了婚、生了娃、在商场吃烤鱼的夫妻。我紧张地笑出声来，但朋友讲的不是段子，是真的提问，所以他等着我接话。"差不多，差不多。"我边说边用筷子挖掘锅里的鱼肉，顺便看看能否挖掘到一些能让我走出这次演变成尴尬局面的午饭的话语。回去以后，我们谁都没有再找对方。

无法在异国成为自己人的失落是真的。想要保证大家在日常中对你说话礼貌不越界，不干涉你的个人生活，不强迫你陷入年龄、婚姻、生育焦虑，这也是真的。在工作上，我也感受到了对外国人身份的怀念。在东莞进剧组那次，我接了一个为本地人设置的岗位（不报车票，工资极低），经历了上级的那种非常不客气的对待，也只坚持了两天。在拍摄现场，那些刚从海外飞过来的演员享有全剧组的照顾，而作为幕后工作者的我已经失去了那些待遇。作为老老外，我只能羡慕他们。

在探索异国社会的过程中，我陷入了典型的局外人的悖论：我尝试主动地去了解他人，却不断地吸引注意力到自己身上。或许，比起高调地出面，和周围的环境直接相处，我更适合坐在车后座，静静地听听前排的人说话，让他们说着说着就忘记我的存在。

2019年那年，仿佛已经预知接下来几年会什么样，我几乎没停下过，不断地东西南北来回跑。我有次甚至接了一个自己觉得很好玩的活：从北京特地坐高铁去深圳，在公园看看夕阳，再把一些摄影器材带回北京（由于不同地区的器材租金不同，有时会有人请人把器材送回租金最低的城市，这是最划算的方案）。我喜欢这个国家的大，大到能够让自己在其中消失，在上千里的铁路上漂泊。我不带任何目的或需求，迎接路上所有的偶遇。度过了主要在学校活动的前两年，我现在很渴望看到更广阔的中国。我终于能听懂人们在说些什么。他们像有着不竭的活力，我被这样的力量吸引了、打动了。在我比较缺乏方向的时候，他们向我展示了生活不同的可能性，虽然他们和我的生活无关。在路上，每一次的交集都让我觉得我属于这个混杂、不完美、让人又爱又恨的世界。

姜明个子不高，一头金色短发，二十多岁。她是我一个有钱朋友的更有钱的朋友。其实，可以说我和他们半毛钱关系都没有。某个夏夜，在美国留学的袁羽走到了北京电影学院的门口，偶遇下楼取外卖的我，问我能不能进学校看看。他得有一米八，身体很瘦，戴一个耳环，爱打篮球，老家在广东，在加州学编程，微信名开头是就读的学校的名字。

在电影学院转了一圈之后，袁羽约我第二天在中关村的一家咖啡馆办公。他边忙工作边翻着成功学的书，到点带我去附近的店里吃烧烤。他说当下的形势没以前好了。这个表面上比较模糊的判断其实有很客观的衡量标准：两年前，袁羽家里有三个司机，现在只剩一个。说"三个"的时候，袁羽的眼神发光。他是90后独生子，等于说家里一人配一个司机。这样的奢侈，如今只有他父亲才能拥有。"回家的时候，我基本上没有司机。"袁羽说。

周末他带我去参加了一场关于人工智能的活动，我们在会展上和姜明碰了面。他们一人手里一杯奶茶，在高科技的展馆中间走马观花。我和袁羽是坐十号线地铁来的，而他真正期待的是逛完会展去坐姜明的玛莎拉蒂。"参加会展"只是摆个样子给彼此看。北京的南六环上，袁羽舒适地躺倒在玛莎拉蒂的副驾驶座椅上，接着对姜明说自己最近的烦恼。他正纠结于四个女生之间。

"你最喜欢哪个？"姜明说，专注的目光不离开前方的道路，双手紧紧地握着方向盘。

"都差不多。"袁羽望了眼路边的树说。姜明沉默了一下，接着说到他们两人都认识的第五个女生。"你为什么不和她在一起？"姜明说，语气带着提出了解决方案的骄傲。袁羽直接笑出声来，这大概是他收到的最不可能的建议。"她不是有一千万的车吗？"袁羽直截了当地反驳。

"我爸的车才有一千万，好吗？"姜明带着贬低的笑容说，"她的车就四五百万，放心。"

袁羽所说的四个女生都是他爸介绍的——分别是市长的女儿、省长的女儿、警察局长的女儿、某个商人的女儿。那天早上，袁羽收到父亲的消息，又是给他介绍女生的。袁羽编了个借口,变相拒绝了。"我爸急了,"袁羽带着烦躁说,"他觉得一旦工作了,没那么容易找。"

"他说得对。"姜明连忙回答。她语气里有那种深谙生活智慧的过来人的得意。"你在工作上会遇到很多女生,但她们主要是图你的钱。"姜明又补充说。袁羽保持沉默。路上很堵,像他自己脑中的想法。他的目光流落到车窗外的南六环,仿佛试图在车流中寻找答案。

"找个喜欢的。"姜明说。她终于摆脱了那种说教的语气,听起来还稍微亲切些,大概也像一个朋友吧。袁羽的注意力被成功地拉回到车内。

"但是,"姜明严肃地说,像讲到了课堂上的知识重点,"你要找个和你差不多水平的。经济条件不一样总会很麻烦。"

晚上,我们去吃了一顿名店的烤鸭。姜明一开始就说清楚了她会买单,还多次鼓励我"点一些贵的,没事"。谁都清楚,这是一次以证明经济实力为目的的饭局,但我不介意。除了自己成了她炫耀财富的对象,那天的场面算挺顺利——他们没有因为我而调整话题的方向。一会儿是八卦,一会儿是职业疏导,一会儿是人生大道理。他们聊得很投入,根本顾不上我。这就是最好的结果。

成都一夜,青旅门口站着一群藏族人。青旅的管家于琴起身,走过去看一眼。

"怎么了？"于琴问，仿佛有人深夜敲她家的门。

"我们找地方住一晚。"带头的穿着橘黄色袈裟的僧人说。

"你们几个人呢？"于琴问。黑暗中，几米远的身影显得模糊不清。

僧人转身算了一下后面的孩子和妇女，再面向于琴说："七八个吧。"

"那不行。"于琴说完，僧人点点头，重新回到了他的队伍中。于琴关了门，回到青旅大厅的桌子前坐下。除了于琴和我，和我们坐在一起闲聊的还有一个二十多岁的年轻妈妈。"住不下他们所有人吗？"她问于琴。

"我们只剩四个床位。"于琴说。

"藏族人喜欢睡地上。"

于琴没有接话。

我们在一家以太空舱形状的迷你房间为主打的青旅。舱位的高度只够你坐在床上不会把头撞到塑料天花板。躺下来，两边是塑料墙，其中一边带着圆形的镜子和电源插座。眼前的窗帘保证着一丝微弱的隐私。办入住时，前台问我要不要楼上更大点的太空舱，但是我想过，如果真追求舒适的话，也不会来太空舱青旅，还是算了吧。

夜里又传来敲门声，这次出现了一对情侣。于琴迅速去接待，带了男生看房间，女生留在门口等候。再回到大厅时，他们一言不发，男生走出青旅大门，于琴又回来坐下。"他们在找一个房间正常点的地方。"于琴向我们交代那对不情愿在太空舱里过夜的情侣的情况。

青旅的未眠夜，没过多久再次被打断了。听到楼梯间传来的清晰的脚步声后，年轻的妈妈惊慌失措地捧起正在吃的一桶泡面，跑向青旅门外，几下的工夫就离开了我的视野。于琴没有做出任何反应。只有我不懂发生了什么。

"是她的孩子，"于琴小声地和我说，"他生病了，不能吃垃圾食品。如果看到妈妈吃方便面，他也会想要吃。"于琴话音未落，小男孩已经走到了我的面前，围着桌子不安地踱着步。

摆脱了那桶危险的泡面后，妈妈又回到了青旅大厅，像没事人一样静静地坐在孩子的旁边。做出判决之前，孩子审视了他妈妈一小会儿。

"你吃了泡面！"小男孩尖叫。

"我没有。"妈妈试图平静地回答，但立即被他打断了。

"你刚吃过！我能闻到！"

妈妈干脆不理他说的话，把两个装着药的小瓶子放在桌子上。小男孩捡起两个瓶子，将它们移到房间的另一个角落，再和我们一起坐下来。母子俩貌似在下棋，彼此都无法攻破对方的策略。他们只好暂停冲突，但比赛并没有结束。

"现在很多人去欧洲的一些地方买奢侈品，"于琴告诉我，一点也没有被周围的闹剧所影响，"在中国买要花双倍的价格。我朋友从德国给我带了一个 LV 的包。"小男孩对奢侈品的价格不感兴趣，脸色渐渐阴沉。

"我生气了！"他站在沙发上喊，"我想打人了！"在他妈妈尝试让他平静下来的同时，于琴像一个画外音一样和我解释，小男孩在吃药期间容易生气。

"你明天出门出得早吗？"于琴问我。

"早，什么叫早？"我几乎被问住了。

"7点前青旅的门关着，"于琴说，"你要是想出门需要打电话叫人开门。"

我告诉于琴我不会那么早出门。妈妈抱着孩子上楼睡觉了。第二天一早，他们要去医院做检查。我有点想知道那七八个藏族人今晚有没有住处，以及那对情侣是否住到了适合他们的正常房间。已经大半夜了，但大家还有很多事情待解决。

夏天，我到广东惠州闲几天时，发现了一个人点海鲜的难题。"能来个小份吗？"研究了半天菜单之后，我恳求服务员。"不可以。"服务员说。他是一个十五六岁的男孩。过了会儿，他又回来说："晚上要不要和我们去唱K？朋友过生日。"海鲜饭馆里坐着几个和他差不多年龄的男孩——该玩手机玩手机，该上菜上菜，像是暑假期间来帮忙的。我答应一起去。

过生日的朋友叫烟云。他整晚忙着唱歌和社交，但抽出了点时间来和我自拍了两张，拍完就发了个朋友圈："和Ale一起过我的生日。意大利的朋友。真正的意大利人。"朋友圈的文案让我对烟云曾经遇到过什么假意大利人而感到困惑，但我决定不接着追问。

"你可以叫他猴子。"大家向我介绍包间里的一个男孩。

猴子以惊人的速度给我递烟。他几乎只讲广东话，因此递烟成了我们之间最有效的语言。不管我是否听得懂，他都坚持和我讲。我偶尔会听懂零散的词，剩下的就靠想象力和酒精带来的自信。因为我自己其实不抽烟，便把猴子递的烟藏在耳朵和头发之间，好在我头发比较多。我点了一首《小幸运》。

第二天下午，烟云给我发微信，叫我一起去喝冰茶。点完单，他严肃地盯着自己的手机屏幕。"猴子去抓螃蟹了。"他终于隆重地宣布，顺便打破了我们之间的沉默。我们接着聊抓螃蟹难不难，烟云说不难，一直聊到服务员来给我们上冰茶和椰子饼。喝完茶我对烟云说，我要回到海边继续看点书。

"是跟大海有关的吗？"烟云若有所思地问。我一时跟不上他的逻辑。我说书和电影有关，海边只是看书的地方。烟云不做出评论，但陪我去了海边。我们在路上遇到了猴子。

这次，猴子没和我说任何话。他表情匆忙，从远处向我们跑来，手里紧握着一只螃蟹。"店里有客人了。"他快速经过的时候对烟云说。

猴子消失在我们身后，跑进海鲜饭馆旁的小巷。

凌晨的大兴机场比我想象的要热闹，可能是我上次来的时候机场还没有全部运营起来。一家日式拉面店还开着，里面还有客人。刚下飞机的人自然地打着电话，讲话的声音比较大，机场里像白天。到北京市里的大巴也是坐满的。坐我旁边的女人边用膝盖撑住前面的手提箱，边用手机看工作招聘，投简历。简历上的照片容光焕发，是一个自信的职场人士，几乎难以和眼前这个凌晨坐大巴去城里的疲惫乘客对上。

下了机场大巴，我再骑小单车回家。2点半了，脚上还有沙子粒，我经过空无一人的北京。从离开深圳的海边开始，也就过了八个小时。到了，哈啰单车却说我不能停在那里（它每天的心情都不一样），我只好接着骑，骑到地铁站附近。停车往回走，我路过一家几乎被水蒸气盖住的路边摊，被它吸引了。精神抖擞的老板正在给两个白领男人炒面。一个代驾师傅在路边摊旁边看着，在自己的小单车上耐心等候。老板注意到来凑热闹的我，问我吃什么，我说来个炒粉。

老板送上了那两份炒面，但是其中一个男人不满意，说他不要菜。老板像是打空门没进球一样对自己失望，马上道歉。代驾师傅说他愿意吃，这份就给他了。老板又给那个男人炒了一份，边炒边自言自语地说着，像是一种惩罚："客人说过不要菜，是我忘了。"

"天天熬夜，"老板面色紧绷地笑着说，"记性不好。"他注意到马路对面的一个保安，朝他猛地一喊，问他今晚来不来吃。

下

2
0
2
0
|
2
0
2
2

和人交流

千山鸟飞绝，万径人踪灭。

孤舟蓑笠翁，独钓寒江雪。

——柳宗元，《江雪》

2020年1月，快放寒假了，每天能看到提着行李准备回家过年的学生。学校周围气氛很宁静，还开着的店铺也少了。在去地铁站的路上，我发现了一家还在营业的台湾小餐馆，决定进去尝一下。

"老板，这家店开多久了？三个月？"

"九个月！"

"九个月啊！"

北京是一座没有时间感的城市。或者说，它只有当下。半年前发生的事情会跟前天的混为一体，形成一片时间的浓雾。节奏紧迫，追忆过去或揣测未来都是不可能的。一切正在发生。餐馆老板的解释更加通俗。他说外国人喜欢看美女，不会注意到他的小店。

"那说明生意还不错吧。"我说，努力弥补刚才的失误。"不不，"老板回答，"每个月我都赔钱。"看来，今天的对话注定是失败的。

老板会用比较好的食材，但保持着苍蝇馆子的价格。这大概可以解释每个月赔钱的结果。他说开店主要是找点事情干。他原本在台湾有工作和收入，后来老婆去北京找工作了，他就跟着一起来了。清晨5点，他会起来给老婆准备便当，再准备早餐，然后把她叫醒。老婆出门了，他会看看电视，看到中午就吃饭，吃完就睡会儿。醒来看见冰箱是空的，他会出去买菜，回家开始准备晚饭。为了逃离这样重复的生活，他开了这家店，月赔七千。

那几天，我继续去他那里吃饭，支持一下家庭企业。老板也记住了我的名字。

"你好，亚历，"老板说，"你赶时间吗？"他没抬头，忙着操作柜台上的外卖订单小机器。老板说他连不上 Wi-Fi。

老板在用隔壁超市的 Wi-Fi。我得知小餐馆还用着超市的自来水和营业执照，餐馆和超市之间有一堵墙，但是在资料上，餐馆是超市的一部分。通过一扇小门，两个地方是通的，时不时会有人从小门出来问饭好了没。学生回家了，客人少了，昨天才四个。其中一个就是何东。

就在那一刻，一个穿着黑羽绒服的中年男人进来了。

"来两份卤肉饭吧,一份这里吃,一份带走,"他说,"我跟儿子说让他尝尝正宗的台湾菜,之前吃的都是假的。"

"没有鸡蛋了。年前用完的食材都不再买了。"

"那你就放点别的。我跟儿子说,下课了就别吃东西,回家有卤肉饭。多放点饭,他能吃。"

老板背对着客人,边忙边淘气地说:"好,反正我想放什么就放什么。"

"多少?一百?"黑羽绒服的男人边问边扫码。

"没有一百!"老板连忙回答,但是钱已经转了。他付的大概是整个餐馆昨天的收入。他们关系比较熟,后面就聊家常。他向老板祝福新年好,接着拿起给儿子的卤肉饭就走。

"你知道那是谁吗?"餐馆老板说,"是超市的三个老板之一。他很有钱,想多给点就多给点。"

年后,餐馆老板准备关掉实体店,只做外卖,争取不再赔钱了。订单在家里做,微信群里有超过两百个想吃卤肉饭的大学生。老板还想卖饮料,以台式奶茶为主打。我注意到餐馆柜台上的棕色饮料,就问老板那是什么。

"瓜茶,"老板说,"我请你喝。"

味道很甜。太甜了。一口一口,我努力保持着一副满意的样子。望着窗外,我看到街上的雪,听到老板说:"这特别适合夏天喝。"

何东和本杰准备回国，但这和刚刚开始的疫情无关。何东只是想回趟家，而本杰需要在澳洲处理一些签证上的问题——他爱上了一个海南航空的飞行员，决定辞职去海口学书法，所以要回国重新办签证。他们都计划2月份左右回来。衣服、相机和白酒，也都放在北京的住处没带走。我打算留在学校专心写东西。

1月27日，大年初三，我们约了最后一次饭。当时，湖北省共计有两千七百一十四例新冠病例，北京才八十例。北京部分餐厅不营业，主要是因为春节假期。三里屯一家墨西哥餐厅在微信上发通知，放假期间正常营业。海报上写着一系列承诺：及时消毒桌子和打扫卫生间、让员工戴口罩和测体温。对于到店的客人，没有任何要求。科罗娜啤酒二十五元一瓶，一百二十元一桶。

但本杰还是觉得眼前的情况不太妙。在我们三个人的群里，他劝我们在外面的时候"戴口罩，勤洗手"。他说，通往北京方向的公交都停运了。他建议我们吃饭不要跑太远，还是留在学校附近好一些。那天上午，我在五道口的一家咖啡厅办公，顺便骑车遛了一圈，找找还开着的店。

我们决定去汗巴巴。我给店里打电话，而这被何东形容为"历史上最无用的预订"。

确实我们是店里唯一一桌客人。那会儿还没有健康码，也不用出示核酸证明。巴基斯坦老板亲自走到我们桌，给每个人测体温,再让我们点一盘玛莎拉烤鸡块咖喱。本杰从公司带了包口罩,在餐桌上分给我们。何东第二天就飞英国,他说没事,让我多拿几个。当时,全世界只有中国出现过新冠导致的死亡病例。

疫情依然是比较新鲜的话题,大家对此也没有形成一个完整的意见。我们只有个别的案例可以拿来下饭闲聊。一个波兰留学生去武汉找女朋友,不知何时能出城。本杰说上海的一个学校通知了家长,2月18日前不会开学。

到伦敦之后,何东在群里跟我们报平安。他说首都机场都很正常,"除了戴口罩和填一个小表格,没有什么特别的"。敢不敢在飞机上摘口罩吃饭也是让大家纠结的问题,特别是在长途航班上。"最后我还是把一切都吃光了,"何东说,"除了那份沙拉,看起来很恶心。"

在伦敦机场排队入境,何东说自己的心情相当复杂。是要继续戴着口罩保持安全,还是摘下来,融入来自全世界的乘客?这一句在2020年说的话,事后看来如此意味深长。

罗马时间1月30日晚,总理孔特宣布意大利首次确诊了两例新冠病例,是两名中国游客。意大利选择关闭所有往返中国的航班,成为欧盟第一个采取防疫措施的国家。

那两名中国游客是一对六十多岁的夫妻,1月23日跟团从武汉飞米兰,到达几天之后开始出现症状。他们酒店的经理接受媒体采访说,当时是太太联系了前台,说丈夫发了高烧。酒店叫了救护车，夫妻二人被送往传染病研究所接受隔离治疗。同行的十九名游客一起在医院进行医学观察。

这对于在意大利生活的华人不是一件好事。我 2018 年在北京教过的学生现在在米兰读书。她说，商场的柜姐和中国人讲话都戴上了口罩。地铁上，很多乘客看到中国人就会远离，把围脖竖起来遮住嘴巴和鼻子。中国人需要和朋友、老师解释，他们不吃蝙蝠。当时，世界卫生组织还没有选择全球后来会使用的名称"Covid-19"。不管是媒体还是普通人，大家都叫它"中国病毒"。

"怎么着，你回来吗？"远在意大利的舅舅给我发消息说，"再这样下去，机场会不会关掉？"

我对于那些在意大利生活的中国人的遭遇感到心痛。至于我的安全，要不要离开疫情重灾区？我觉得没有必要。我猜测，这个问题过几个月怎么也会被解决。反正三月份要开学，对吗？

选择留在学校的留学生也不多。气氛很沉静。何东走了，房间变大了。我正在看《马男波杰克》的第六季时，听到有人敲门。是楼下的前台女士，她挨门挨户地通知学生：从今天起，原则上不能出学校。出学校需要说明理由、提交申请、等待批准。去机场和其他国家不受影响。就是说，你随时都可以走，能否回来就另说。

我的第一反应是否定现实。"怎么可能？"我对前台女士说,"我还是得出去。"

她一副不关心的样子,没有回答。她还要去通知其他学生。她期待的是赶快忙完回前台刷视频,而不是和一堆外国人进行出入政策探讨。

但不管你是否接受,现实还是会来的。离开校区变得比较复杂。即使申请通过,也顶多会批准两小时的外出。像北京这样的城市,出门经常会在路上花一小时。来回一趟,朋友还没见,时间就用完了。加上疫情初期的保守心态,2月份校区就变成了我全部的世界。

食堂还开着。早餐的供应时间是7点半到8点半。为了赶上饭点,我定闹钟,随便穿点什么下楼,顺便解决每天小程序打卡的任务。迷迷糊糊地弄这一切时,我曾经勾了"最近十五日内接触过新冠肺炎感染者"的选项,并迅速接到班主任的关心电话。我从此养成了喝完咖啡再打卡的习惯。

身边没有几个熟悉的同学,我开始和校工交流。买完早餐,我坐在长凳上,对着春天8点多的阳光,吃个韭菜饼。目光往下一移,是已经关门超过两个月的学校超市。往右一看,是学校食堂。正在上楼梯的是个穿休闲衣服的男生。他转身看我一眼,接着往食堂走。

过了一会儿,他出现在我的右边,在离我三四米的地方蹲下来,我这才认出他是在学校食堂打菜的小哥。在如今冷清的食堂里,他依然热情高涨。就算你敷衍地指出你想要的那些菜,他也会及时地向你报菜名,似乎能让它们变得更好吃。

刚买的韭菜饼不是他帮我装的。我还在想,熟悉的打菜小哥到哪去了?不穿工作服的他让我体验到一种认知反差。就像当你在剧组习惯了看到某个演员演某个角色,等杀青之后,这个人终于又变回了自己,跟你聊他或她真实的生活,你就有点不适应了。

打菜小哥要走了,不再打菜了。他要去山西做艾灸的生意。我说,我还蛮喜欢去做艾灸。说这句话让我仿佛回到疫情前的时候。周一晚上去朝阳公园踢球,周二晚上去亮马桥吃比萨。说起各种疫情前的习惯,好像说的不是自己,而是曾经活着的某个人。

小哥向我报道美国和意大利最新的新冠肺炎确诊人数,他比我都清楚。他是年前来学校食堂打工的。时机不妙,一进校就出不来了。我问他这段时间都吃些什么,是不是一直吃食堂。人只要够无聊,就会变得比较好奇。他说想吃啥都行,还可以下楼到清真餐厅烤烧烤。喝点二锅头、啤酒,吃烧烤。

小哥的家是河北的,但他说村里管得严,比大城市严。至于他为什么想去山西,我就觉得不用问了。当宇宙的边界变成学校的铁栅栏,谁不想去山西呢?不去山西才要问。他所说的"去转一转",已经是充分的理由。我们继续聊。

"食堂主要是速冻食物吗?"

"是,速冻的多。楼下有个很大的速冻库。前几天领导过来说，就算外面断货了，我们自己还可以吃大概三个月的饭。"

"那是要吃啥呢？"

"大米、馒头，再加点咸菜。"

"就是保证饿不死了吧。"

"哈哈，是。"

"每天浪费的东西多吗？"

"很多。已经做好的菜，过了两三天就要扔了。"

"买的菜是新鲜的吗？多久买一次？"

"至少每个星期会买一次。"

我们加了微信，小哥说到时候给我介绍艾灸的操作。

当时，我和艾灸小哥一样想离开，但不敢对自己承认这个事实。离开复杂，离开有风险，离开有经济成本。还是学生、没有收入的我鼓不起勇气迈出这一步。因此，我心里默认留下来是唯一的选择，不去探讨其他的可能性。我给自己设定的游戏规则是只能想办法在这里面生活。

三月份，随着疫情的好转，学校外面的世界逐渐恢复原样，但学校里面的情况没发生任何变化。学校的行政人员可以自由出入，上下班回家，但针对留宿生的限制丝毫没变。一个学生这样总结过："外面的人郊游，广场舞就在我院子外面跳，朋友圈在吃海底捞。"整个北京都正常了，为何学校还不解除限制？

我能接触到的是负责留学生管理的老师。至于出入校的规定,他们没有决定权,因此只能以自己的方式去回应我和其他学生的不满。最常用的是喊大家开个会,求求理解,送点薯片和可乐。在一对一的沟通下,有老师和我讲道理:这都是为了安全,没有人,就没有人权。班主任打电话说,欢迎我到系里用教室看电影。他还出席了一次学校专门为我安排的心理咨询。聊完最近在学校的事情,心理老师说我状态"还挺好的"。

心理老师大概的意思,是只能接受周边的现实,并尽量在其中生存。虽说她无法改变学校政策,但我和她还比较聊得来。我需要的不是情感安抚,而是有人来说我的感受是正常的。

情绪不好的时候,我就点一个比萨和六听啤酒。那是大跃公司出的精酿,能让我的心回到亮马桥的夜,想起和本杰的微醺闲聊。一套六听啤酒刚好喝一周,等下次想吃比萨时再进一次货。下楼散散步,不会遇到本杰,遇到的是留学生宿舍楼的维修大叔。

大叔的甘肃口音比较重,我经常听不懂他说的,就"嗯嗯"点头微笑。他标志性的道具是一辆黑色的电动车,要在宿舍楼值夜班的时候,他会骑着电动穿过宿舍楼的玻璃门停在楼里。疫情前晚归的时候,会看到他躺在前台后面睡觉,旁边的电视播放着CCTV6的战争片。他喜欢提到打仗的事情,还有邓小平。这些似乎会让他很兴奋,像是喝醉了。说完,大叔会笑着来一句:"我说的对不对?"

早上下楼,电梯开门的时候,我就能听到大叔刷抖音听疫情新闻的声音。"亚历，亚历，"大叔举着手机对我说，"看到了吗，美国新冠死了五十万人！"可能我是在那时候学会了听到让自己难受的话装作没事的生存技能。

"是吗？"我平静地说，跟大叔的心情形成鲜明的对比。我仿佛在演一个不想演的剧本。

"意大利那边怎么样？"维修大叔接着问我，情绪这下平稳了很多。

"还行，"我说，聊的话题迅速从抽象的美国转移到了具体的意大利，"现在好些了。"

比起聊这些，任何话题都更好。某天中午在五楼的厨房，我和保洁阿姨同时在做饭。我切油菜，她来纠正我。阿姨说，需要先把油菜一个一个切开，土都去掉了，才能保证洗菜的时候你真的把它洗干净了。我要重新来。

准确洗菜的时候，阿姨问我买的菜贵不贵。我不知道怎么回答这个问题。油菜，多贵才算贵？就算我知道，我买的油菜多少钱来着，谁记得呢？

我装作自信地说，不贵。

"八块钱吧？"

"差不多。"

"做什么菜你？"

"炒菜和米饭。"

"那不行。加点别的什么，炒鸡蛋吧。"我回房间里拿两个鸡蛋。

我到宿舍楼楼下的长凳上吃饭,吃完就躺下来睡一觉。一小时后,保洁阿姨的声音把我叫醒。

"学生睡觉了。"她对同事说。

我睁开眼睛坐起来,看到保洁阿姨拿着把水果刀,低头在院子里走来走去。她和另一个阿姨在一起拔草。阿姨说那种草是可以泡水喝的。

"你怎么不学习?"阿姨问我。她叫我不要在外面睡,会感冒的。我说没关系,现在天气不冷。她说还是会感冒的。

几分钟的事,阿姨问清楚了我的学业进度、感情状态以及未来的生活规划。我想了想该怎么样对她表现出同等的好奇心,想来想去,就问她老家是哪的。

"河南郑州。"

"哦,我去年去过。"

"坐高铁去的?"

"是。"

"那三百多呢。"我不记得是否真的三百多,但我选择相信阿姨的说法。

"普通车呢?"我问起阿姨,"一百多吧?"

想都没有想,阿姨立刻回答:"一百二。"

我开始怀念和同龄人的交流。我刷 Tinder,虽然明知道不会和这些人见面。某天晚上,我和同在北京的夜空下的鱼饼打语音。作为陌生人，我们什么都可以聊。

四年前，鱼饼在湖北开过一家咖啡厅。在武汉还没有恢复的时候，这个故事让我终于想象出一些在那片土地上曾经正常生活的场景。

鱼饼原本希望能够吸引一些带纸笔和电脑来办公的群体，店里还准备了一间小放映厅。但是咖啡厅最后吸引的是白天没事干的男人，还有晚上看老公打牌的女人。这显然不是她想创造的环境。她离开了湖北，留下了一个丈夫和一家咖啡厅。关于咖啡厅的记忆比关于丈夫的还要痛苦。关店后，离开之前，鱼饼时不时会专门绕路，留意避免路过开店的地点，那会给她带来一阵阵的难过。

我躺在床上，听鱼饼讲，感觉到北京的两千万人口真的是两千万个人。

早上，鱼饼发消息，说她梦到自己回到了那家咖啡厅，看到好朋友们都在里面，她哭醒了。第二天，她凌晨3点说自己又做噩梦了。她的一个前男友回国了，在路上遇到了鱼饼，边和她聊天，边处处打量她。

"看你多失态，"梦中的男人对鱼饼说，"还是我新认识的人好，我们更幸福。"他们的共同朋友也过来说，男人新认识的人工作很好，他们两个人相处得很愉快。鱼饼醒来一头汗。那段关系大概是那样演变的：男方说着是为鱼饼好，会评价她生活的方方面面。最后鱼饼受不了了，他们分手了。鱼饼，就像一个依旧能听到炸弹声的退伍军人,开始出现了自信问题。

两天后的上午 9 点 28 分,鱼饼发消息说:"昨天没做梦,嘻嘻。"

这种生活持续了六十多天,我在学校门口看到表演系的同学 Cleo 在铁栅栏旁摆桌摆椅,和坐在铁栅栏另一边的男朋友一起吃饭。

铁栅栏是和外界交流的实体通道。某天晚上,我站在铁栅栏边上,离外面的公交车站只有五六米。我听着志愿者阿姨用喇叭播报即将到站的公交车。我能接触的这一小片正常生活给我提供了一些解脱,我就多站会儿,听听。转身要走的时候,我看到两个人在拥抱,一时以为自己产生了幻觉。很明显,女生在校区里,而男生在路边。他们的手臂完美地穿过栅栏之间狭窄的空隙,伸到对方的位置。他们跨越了世界。

站在铁栅栏边等外卖也算是半个社交活动。同一个外卖骑手配送了我和一个朝鲜族同学的晚饭,我们拿完餐就一起走回宿舍楼。他身体微胖,戴着眼镜,穿一身黑色的耐克运动服,有点像一个下班出来散步的职员。

"你们那边有疫情吗?"

"没有,没有。"我印象中,这是我们当了两年宿舍邻居的唯一一段对话。

这种日常节奏很慢,像是在提前体验退休的生活。你会珍惜每次和别人闲聊的机会，并会注意到你周围环境里的任何动静和微妙变化。

Cleo发现了一群能自由进出学校的猫咪，并决定照顾它们，顺便缓解写不出论文的焦虑。她开始天天买吃的喂给它们。不过她一直很奇怪，为什么其中一只猫咪很瘦，却吃得特别多。她问了开宠物店的朋友，又联系了宠物医生，确定那只猫咪已经怀孕，十天后就要生了。

为了照顾怀孕的猫咪，Cleo决定给它买好一点的食物，湿的干的一起搅拌，每天多弄点。她也买了专门的猫牛奶，再准备点水。Cleo说这样就"非常丰盛，对猫咪的孩子有帮助"。

怀孕的猫咪有些不放心，对陌生的人和猫表现得很凶。Cleo通过一个多月不断地去喂猫咪，算是和它建立了一段有信任的关系。某天，猫咪趴着的时候，把肚子露给Cleo看。"以前不会，"Cleo说，"它要是不信任我，我也发现不了它怀孕。"猫咪愿意让Cleo靠近它，让她蹲在旁边。别人不行，它都会跑。Cleo说当流浪猫敢背对着你，那就是信任你了。

这些天我经常写作，却和Cleo一样难以专心。一阵嘟嘟声每七秒一次从楼道传到我的房间。更加难熬的，是我不清楚它具体来自什么位置。

刺耳的嘟嘟声实在让我心神不宁。我跟着楼道的结构绕了一圈，在不同的地方停留，仔仔细细地听，还是听不出来声音是从哪里来的。我推测它甚至有可能来自多个不同的位置。我试着放点音乐，还是会时不时地被干扰。嘟嘟声的节奏，比音乐还有规律。我决定下楼，和前台女士反映情况。

"是电梯旁边的那个声音吗？"她抬起头说。

"我不确定。"

"应该是电梯旁边的那个。"前台女士的目光自然地回到她眼前的电脑屏幕。对她来说，这个事情已经办完了。

"能解决吗？"我继续问。

"有这种声音已经很久了。"前台女士的回答永远都不正面。不过她这么说，也就是不能解决的意思。我承认之前也有，虽然之前好像偶尔才会出现。

"不，之前也跟现在一样的。"前台女士坚定地打断我。

"之前有，但是那时候可以去咖啡厅避开它。"我意识到这是最不能让前台女士有共鸣的一句话。

前台女士说一切是从何东让烟雾报警器响起来的那天开始的，之后才有了每七秒一次的嘟嘟声。这个历史解读是前台女士对这个问题的最后一个贡献。

过了几天，我听到门外的一些声响。门一打开，我对面是宿舍楼的大叔。他抽着烟跟我打招呼，看起来很快乐的样子。大叔说，他发现了嘟嘟声是怎么回事。维修大叔蹲下来给我指着烟雾报警器上面的一个钮，有嘟嘟声的时候，按下它就可以了。

出入管理出现第一次放松。4月3日上午9点47分，我拿着刚开的"出门条"坐地铁去亮马桥，中午约朋友在衡山汇吃粤菜。一转眼已经春天了，我们在蓝色港湾附近走一走，在已经开花的树下拍照留念。如出门条所规定的，我在14点57分前返校，五小时十分钟的自由就此落幕。

虽然出入管理没有被彻底地废除，但是有好转的信号。变化不管多渺小，还是可以让你感到希望的。

有老师约我跑步，先是在学校操场，后是在校外，她专门申请的。在豆瓣上发了一些记录学校生活的日记后，我收到河南读者寄来的大包装卫龙辣条。临近研究生开题的截止日，学校让我自己用一个教室，方便专心赶进度。我每天像上班一样，拿着电脑穿越校区，走到C楼的607室。那是我曾经去上中文课的地方。过了四年，它成了我的办公室。在607室，我听音乐，看杨德昌的电影，读意大利的新闻。待在一个不为吃饭睡觉而设计的空间让我找回一些疫情前曾有过的尊严。

在校区里走着，我经常能看到忙着各种活的维修大叔。你总是没法说清楚他的工作具体是什么。他拿着水盆洗停在学校里的车。他飞速骑着电动到校门，取一杯咖啡送到老师的桌上。

"为什么要买？"我问他，"我们最近楼里不是有免费的咖啡机吗？"

大叔指着他手里拿的纸袋上的牌子，坚定地说："这个好喝。"

从4月份宿舍楼里有免费咖啡机起，大叔开始喝咖啡，并对不同的口味有了自己的意见。没咖啡豆的那天，我就自然而然地跟大叔说了。

"不是我的权力。"他回答。大叔说，管理咖啡豆是前台女士的权力："她学历比我大。"

那段时间，前台女士喜欢在前台摆一个"值班人员暂时不在，有事请打电话"的牌子。她会在校区里散步，跟朋友视频。我虽然对此没有意见，但不得不承认，替代前台女士的牌子确实在工作上有做不到的地方。

没有办法的办法，大叔绕过前台到后面的柜子里找咖啡豆。那里有各种咖啡粉、咖啡豆的盒子，不过奇妙的是，大部分是空的，像是摆在那边的奖项。终于，大叔成功地找到里面有咖啡豆的盒子。

他边倒豆子边重复，这样的事情不在他的管辖范围内。

"我只是搞维修的。"大叔抬头笑着对我说。

我忙着准备开题的资料，一直到月底都不怎么找老师开出门条。

5月份，出入管理进一步放松，允许学生申请一天的外出。我通常需要从上午8点到晚上10点在朝阳区"谈合作的影片"。5月5日，我骑着小单车，时隔半年再回到北京的胡同。我在清真的小吃店吃早餐，看到在鼓楼面前拍婚纱的新夫妻。我买意大利葡萄酒和意面。

每次想申请出校，我需要联系李老师。在讨论这些规则的时候，她是唯一不急于为学校辩解的老师。她单纯和我聊天，和我达到某种程度上的精神交流。有天中午，她开车带我去校外，到公园里的川菜馆。

她是会说出"杯子碰到一起，都是梦破碎的声音"这样的话的人。桌子上，我和李老师之间有一条鱼。餐厅窗外是公园的小河，在河的对岸，几个老年人走着放风筝。"你知道，需要小心，"李老师说，"低头玩手机在公园走，会看不到那些风筝的线，有可能会被勒死。"我嘴里的鱼一下子就咬不动了。

我们仿佛是经常一起聊日常的朋友，吃了几口菜，她就聊起她的丈夫。李老师说，她无法被他理解。

"我对他说，我不喜欢我的工作，不想干了。"

"他怎么回答？"

"他说，那你可以在上班的第一小时完成你的工作，后面的时间想干啥就干啥。但后面的时间，我根本没有什么精力去做别的。"李老师给我倒了一杯菊花茶。坐在她后面的一对夫妻听到了，打量了我们一下。

"下班回家要看儿子。我丈夫偶尔带他半小时，就说他很喜欢陪孩子，很放松。"

上大学的时候，李老师会在北京参加一票难求的安东尼奥尼的纪录片放映。她写的论文讲述的是 T. S. 艾略特诗歌中的和解主题。但这些都不再属于她现在的生活了。它们成了一些只能在多年后吃顿水煮肉片去怀念的岁月的废墟。桌子上的菜还剩比较多，李老师让我全部带回去，她说她儿子不吃辣。

5月有了正常生活的模样。后海的老人在钓鱼，路边的师傅在配钥匙，锻炼区域的情侣在打羽毛球，小卖部的老板在睡午觉。杀虫公司来学校清洁，我去东大桥看牙。外卖员跑写字楼，福弥开放了亮马河边的座位。我路过一所学校，站在外面看着学生的体育课。经历了过去三个月，似乎任何生活的痕迹都能吸引我，甚至打动我。

从3月开始通过微信和我对接一些游戏翻译业务的李娜约我线下见面，想聊聊我们长期合作的可能性。我们在东直门的当代MOMA吃北京菜，饭后到隔壁的她家坐下来喝茶。她丈夫是一名资深喝茶爱好者。他打开客厅里专门放茶叶的柜子，详细地给我介绍了每一罐分别是从中国哪里淘回来的。

我们围着茶几，坐在非常矮的木凳上。她丈夫讲起了点什么，说到一半却停下来了。我无措地怀疑自己是否漏听了他那番话的结尾。他开始泡茶——开水被倒入盖碗里，正在等待。

"他泡茶的时候不说话。"李娜及时说，也许意识到丈夫的停顿使我有些困惑。我默默点了点头，免得说些干扰茶道的话。

"我认为茶是有生命的，"她丈夫回过神来，"泡的时候，我宁愿只和它互动。"他坐在我对面，而坐我右边的李娜忙着烧香。我好像陷入了某个邪教，但它并不暴力，并且与外界没有什么关系。借着谈工作的缘故，我被邀请进来。现在，我正试图了解它的内部运行。

烧香的事情在我意料之外。这明明是李娜的主意，而她丈夫对此做出了让步。我知道这一点，是因为当我问他喝茶适合配什么吃的时候，他说什么都不要配，因为除了茶之外的任何气味或味道都有可能破坏体验的纯粹性。如今允许烧香，应该是某个理事会的成果——不同派系阐明了各自的观点和需求，并在保护核心原则的情况下达成了共识，实现了变革。肯定有过一个类似的过程。也许还有点导火索事件，烧香之战什么的。

"我们可以聊，"他自然地接着三分钟前的话题讲，并没有忘记自己在说什么，"但不能走出这个门。在学术界……"

"你觉得这茶怎么样？"李娜用尖锐的声音打断他并问我。虽说他们一定程度上相互协调，但李娜似乎生活在另一个更轻松的、不谈论学术问题的频道。

我说像威士忌，有种天鹅绒般的质感。但我越试图解释，就越说不清它们的相似点。茶和威士忌之间的联系也没有形成，它只是一个让对方感到疑惑的想法。也有可能李娜不喝威士忌。

她丈夫问我在欧洲如何看待一夫多妻制的问题。他非常尊重欧洲，尽管他认为欧洲效率有些低，人太软弱了。这是我第一次去别人家做客、喝茶、聊事情，我发现了这样的一个社交维度——你没有在工作，但也没有完全放松，还是需要在线的。在缓缓刺激神经的茶叶的效果下，你可以聊历史、政治和电影，然后突然听到自己的名字。

李娜叫我"Ale",我的意大利语名字。应该读"阿雷",但她用了英语发音,说成了eil,像个艾尔啤酒。

"艾尔,我们需要今天之内做完翻译。"她对我说。那天是周日,我已经有其他的安排。我说不行。"没问题,艾尔。"她平静地回答。

真的没有问题。只是李娜习惯了周日工作,就像周一和周四一样。她没想过这有可能对我成问题,但她迅速地适应了我的欧洲习惯。

倒茶不说话的,客厅里烧香的,周天不工作的——在我看来,李娜家正上演着一场奇迹般的人际相处。一根细线将三个不同的世界巧妙地连在一起。

"亚历找女人去了吗?"我回学校时维修大叔激动地问我。相对更宽松的出入管理只针对学生,而不是校工,因此大叔已经有半年左右没出过校门。以前,我会在学校附近的街区看到逍遥自在的他:骑着电动车,嘴里一根烟,晒着知春路的太阳。"找女人,"大叔总结起来,"得送礼物,请吃饭,去宾馆。五百多,亚历昨天是不是花了一千?"

"差不多吧。"我对大叔说。

5月是晴天,6月是新发地批发市场。以为一切都结束了的我,一下又回到了起点。

我情绪上感到崩溃,心里知道自己承受不了一段新的封校生活。挺住了四个月，我不愿意放弃终于恢复的和外界的连接。时机恰当，意大利语留学机构的前同事说他回不到国内，但是租的房子还在。我拿着前同事的自如密码，决定彻底地离校。

我签下一份声明后，学校摆脱了和我争论出入规定的烦恼。留学生部门的老师大松一口气，连打车搬走的四十二块八毛五都给我报销。6月18日，学校给我开的出门条上面写着："外出时间：11：00，返回时间：—"。

在走之前，我最后去了一趟C楼，收拾我用过的607室，把它还原成一个教室的样子。我快步进去，忽然听到有人叫了我一声。我回头看，是在C楼门口值班的新来的年轻保安。"商量个事。"他个子很矮，保安服比他该穿的码至少要大两号。帽子完全盖住他的小脑袋，像是个假装自己是大人的小孩。

年轻保安想拿五十块钱现金换成微信里的钱，在食堂吃饭用。他说话有点急，说学校不给办校园卡，要等开学才能办。我答应他，拿出手机准备操作。

他状态放松下来，咕哝着说："一直没解决吃饭这个大问题。"比起对我说，年轻保安更像是在自言自语。发完微信红包到了楼上，我收到他的一条消息："[太阳][握手] 交个朋友，谢谢你。"

过了三天，我已经到了校外住，年轻保安联系我。

"同学好，你拍了毕业生照没有，推荐一个地方你去试试，你是老外比较好进一些。"他附上一张手写的纸条的照片。上面写的标题是:"同学进清华大学和北京大学拍毕业照"。

他说要直接打车进学校里面,不要在门口停下。"保安一般不查老外,查也不怕,就说大四某某院系回学校拍毕业照的。"

除了一张"2020值得反思的一段话",年轻保安还发了北京大学和清华大学的微信公众号名片给我。"我打算去北京大学提升学历,来个专升本,"他说,"我中专毕业,没有读成大学。很遗憾,有机会了就上。"

他又给我推荐了一堆公众号,都是跟清华和北大有关的。有"北大清华讲座""北大青年天文学会""北大社会实践""北大生科""北京大学人文学部""清华大学文体之声""清华大学小研在线"。我怎么刷也刷不完。一共有六十二个。

"发一些公众号给你可以关注一下,收到吗?"

我说谢谢,收到。他回了个"西瓜"表情。

海边的老师

淡淡交会过,各不留下印。

——陈奕迅,《落花流水》

到了校外住,一切像是变得更轻松。做饭、扔垃圾、过马路、坐地铁、骑单车时,我的内心一直播放着令人愉悦的歌曲。只要我能够在空旷的城市流动,就不会有让我烦躁的事情。如果生活是一个电子游戏的话,那么我就是调到了新手模式,偶尔会给我一些挑战,但跟我之前所习惯的难度比起来,真的不算什么。

那些以前会让我比较紧张的问题,我现在基本可以一笑而过,甚至成为一种日常的小乐趣。住了前同事的房子,算是换了个住址,我需要去办著名的"外国人住宿登记"。每次办住宿登记的体验都不太一样,因此缺乏对未来的参考价值。总会有新的要交的文件,新的对原规定的理解,新的解决方案。这次,我需要在半天之内搞定一个物业证明。光线暗淡的物业办公室里，我对着表情糊涂的工作人员坐着。

"什么证明？"他问我。在我无法提供更详细的细节的情况下，他拿着办公室的电话把社区站的人叫过来。那是一个个子比较矮、态度很热情的大叔。他把我叫到办公室门外，点了一根烟，问我多大年纪。在办事的过程中，这是个你完全不懂眼前在发生什么的环节。但是，由于没有其他策略，你也只能跟着走。好在大叔看起来是个会办事的人。

整个案子的难度在于，我住的房子是前同事租的，租房合同上只有他的名字，没有我的。那怎么证明是我住的呢？大叔打了几个电话，又叫了一个同事过来。他们问我是干什么的。我说是学生。一个在国贸租房的学生，他们说那肯定是我家里有钱。我懒得解释我是怎么经过六个月的挣扎走到了这一步，就干脆地接受了他们给我下的结论。

大叔给了我一个电话号码，说是房子的管家的。"你跟他说，你们需要去社区备案。"大叔有一种完成了任务的语气。说完，他和同事一起走了。我感到情绪有些失控。我不抱太多希望，拿起手机，准备给管家打电话。

"你哪个小区的啊？"管家说，听着就比较疑惑。

"光辉里小区。"

"你应该是打错了，我都不是北京的。"他说自己不是房子管家，我也不会惊讶。

我赶紧和他道歉，把电话挂了。我往四周望，已经看不到大叔的影子了。我回到物业的办公室里，问里面的人知不知道他往哪里走了。工作人员说往小区门口走了。我在北京夏天的阳光下追着跑。

到了小区门口，我两边一看，发现社区站的大叔和同事在一起，出小区往左拐了。我小跑跟上，和他说新的情况。

"啊？他都不是北京的！跟我们走吧。"大叔说。

我们走了几百米，上了三楼。大上午，办公室一片安静，大叔走进去就向整个社区站说："有个难题。"说完大叔就走了，这算是又完成了一次工作交接。我在门外等候，坐在一张白色桌子旁边。我很难想象这个走廊里的桌子的作用。我对着白桌子的表面，仿佛从那片白色里能出来一份已经办好的住宿登记。

"会说中国话吗？"我听到有人说话，抬头看到一个三十多岁的男人。

"会。"我说，说完站起来。

"准备在这里住多久？"

这个问题没有上一个简单。我没做过仔细的计划，也不知道前同事何时从意大利回来。我给了个比较复杂的答案，社区的人听到一半就点点头。我便不继续说了。

"你去派出所登记吧，我已经跟他们说了。"我心里感到解脱，急着想走，怕对方再改主意。我谢谢他后，下楼扫了个单车去建国门派出所。到了第一个红绿灯，我想起社区站的大叔。我想象他已经回到小区，抽着烟跟同事讲他今天碰到了什么难题。

跟我的前同事一样,何东和本杰没有能够回中国。他们先是天天盯着疫情的进展,期待政策有所放松。时间久了,他们意识到身边的人都有工作,而他们正处于一种尴尬的等待状态。能走出去的日子遥遥无期,他们在原地找了工作。很多留学生都如此。国内的同学,学校要求留在外地等返校通知。结果是我在北京没有那么多朋友了。

东四十一条六十四号的咖啡厅酒吧"摄影笔"成为我的社交基地。我去那边看电影,看完电影上露台喝酒,还认识了在屋顶上种花的女人。

她的酒杯里面只剩下一个辣椒和一片罗勒叶。我问她那是什么鸡尾酒。她说不知道,就是酒单左下角,四个字的那个。她向酒杯里看一眼,像是在思考点什么。"很辣很辣。"她说自己平时不喝酒,来这里就会点一杯牛奶和一杯水。不过昨天喝了一杯这个辣酒,今天过得很好,所以今晚又来了一杯。

种花的女人在农村长大,在山上上了大学。她总是难以习惯城市生活,主要是对城市没兴趣。她为了找机会来到北京,又觉得和大自然隔了一层,很不舒服。为了缓解这种不适,她在北京会翻过河边的铁栅栏,到泥土上走走。看到身边的水,她在二环内就能达到天人合一的状态。我问这么做会不会有人管,她说根本没人想过会有人这么做,所以也没有人管。

她想到可以做中文老师,就在网上搜索北京外国人最多的地方，最终定了使馆区作为发名片的地点。她很快在两个非洲大使馆找到了首批客户。要给大使上课，她说，教语言是不够的。大使们想要一种"体验"，希望感觉到你对他们的生活有好奇心。她慢慢懂了，虽然有时根本不好奇。她不喜欢塞内加尔的某个向她求学的官员：在一次公开活动上，官员对除了她之外的所有人都很友好。从此，她不再当他的中文老师。她说这是北京最好的一面——有这么多各种各样的人，你就可以直接不搭理那些不喜欢的人。哪怕是他国的政府官员。

在北京，她养一只名字叫小雪的黑狗。她说在世界最聪明的狗的品种排名当中，小雪排第十二。我们聊天的时候，小雪跑到了旁边的桌子，跟两个喝啤酒的英国男生一起玩。以前，小雪在家里就有陪它玩的大狗。后来因为北京五环内的养犬规定，大狗被送到五环外的村子。送走大狗那天，种花的女人舍不得，跟着公安到村子里送行。

她走路时看着脚下的混凝土，表情不适，跟胡同的夜一样沉静。她望着旁边的楼房说，假设市政府让大家在自己的阳台和屋顶上种植物就会好很多。她说北京人很听话，有了这样的命令，他们一定会行动起来。在胡同里，已经有那么一个屋顶，那就是种花的女人租的房子的屋顶。

她的计划原本是在屋顶上种草。不过，房东说还是不要种。房子比较旧，种草需要的泥土可能会造成过重的压力，给屋顶带来危险。所以她决定种花，种植物，目的就是让它们长得很高，高到建立一个四面封闭的空间，从外面看着就不知道里面在发生什么。她说可能会需要一年时间才能实现。有的花和植物实在无法习惯北方的气候，除了她自己认为好看之外，需要找的都是"比较好活着"的、能过冬的种类。在房子内部，她为了腾出空间，扔掉了床和衣柜。地板挺舒服。有时候工作累，她就上屋顶看花。

在摄影笔，我参加了一次即兴写作活动。在活动上认识的一个女生邀请我去参加几天之后的居家派对。在场有很多不做电影的同龄人，这对我已经够新鲜了。有杂志主编、媒体记者、在NGO上班的，还有三个瑞士大使馆的工作人员。一个带了一袋鸭头的四川人说他是搞非洲工作的，他和我聊起《隐秘的角落》。我羡慕他们的客厅、他们的故事、他们的格鲁吉亚红酒。最重要的是，我羡慕他们那些有明确方向感的生活。我可以回答自己在读研究生，但说白了那就是在说你还没想好要干什么。我曾经迷恋这种充满着可能性的状态，在其中能找到安全感。现在，我开始感受到它的局限。这些人都做了一些选择，因此能来这里聊天。我像一个群众演员，虽然在他们旁边站着，但心里知道这并不是我的主场。

像是命运的安排，8月中的一通电话为我的焦虑提供了某种出路。青岛的一所高中在紧急找意大利语老师。原本的外教像何东和本杰一样被困在国外了，我可以住他的房子，看他的电视，拿他的工资。挂完电话，我思考了大概五分钟，然后答应了。

对陷入僵局、迈不出第一步的我，那通电话简直是天赐之物。发了几条微信之后，我收到了北京飞青岛航班的出票通知。机场接送和住宿已经安排好了。你如果只是懒得想，这个地方会帮你想清楚所有的细节，再把事情打包好了交给你。除了我需要工作，去青岛的体验很像是个全包式假期套餐。你所选择的是不做选择带来的轻松。

跟假期套餐一样，其中存在一些夸大推销的成分。学校说我住的是海景房。我到了才发现，确实是海景房，但这个景有点远。你需要放眼望去，让目光跨越一家医院、几家超市、二十来个小区，才能看到大海。你可以在脑子里放大画面，加个滤镜，去掉几栋建筑，海景就差不多有了。是需要一些努力的，但是确实有。

我住二十一层，往下看是一个足球场，场上踢球的人显得很远很小，跟以前去米兰的球场看比赛的体验有些相似。房子是两室一厅的，原本住两个意大利外教。我观察家里的物品，依然很多，明显他们离开的时候没想到不会按时回来。冰箱里有一瓶青岛啤酒，我打开喝了一口，跟醋一样酸。房间里有一个拳击沙袋，一张足球游戏的CD，意大利餐厅 Da Romano 的外卖袋。厨房里有一个尤文足球队的杯子，一本里面只写了三个菜谱的手册。都是一些真实的东西，一种有人在这里生活过的直接的证据。我感受到，学校给我的不是个假期套餐，而是上个外教的整个生活。除了尤文的杯子，我全都拿了。

跟我同一天到的是一个从重庆飞过来的女生 Eva，也是临时来代替别的老师教意大利语的。Eva 住在我正对面的小区，我可以从我的房间用肉眼看到她住的楼，但需要走个地下通道才能到马路的对面。她带了自己的母亲过来。我们在机场认识了，后来约在我家楼下的一家面馆吃午饭。我和 Eva 讲普通话，她和她母亲讲重庆话。我和阿姨需要经过 Eva 的翻译才能交流。除了说面好吃，我跟阿姨聊不上更多。

Eva 的头发很长很黑，只有一根沿着脑袋下来的白头发。饭后我们去散步，走了一会儿就找不到阿姨的身影了。路很直，不太能走丢。Eva 很镇静，看了一眼我们右边的橱窗。她停下来，摇了摇头。

"怎么了？"我问她。

"她去买东西了，"Eva 说，听着不太开心，"一些她不需要的东西。上次她买了一个按摩棒。"

"那可能她需要？"

"不。她说东西便宜，就买，然后放在家里不用，过了两天又找我要钱。她不理解钱的价值。"我一下子怀疑，说这句话的人到底是女儿还是母亲。

"也许可以试试给她设定每个星期的预算？"说完这句话，我就问自己，怎么才认识了三小时，就已经进入了对方家庭的内务。Eva 同意我说的。如果真的这么做，我想，希望 Eva 不会用我的名字来介绍这套新的政策，否则下次和阿姨见面会略有些尴尬。"我买多少个按摩棒影响你正常睡觉吗？"我想象阿姨对我说。反正，我大概理解了 Eva 那根白头发的存在。

开始工作之前的星期日，我们三个人去吃海鲜烧烤，在老城区散步，到海边躺了一下午。阿姨被一艘不断从海岸来回的小船吸引了，像小朋友一般和 Eva 闹着，说她想去。小船的老板到处走着招客，到我们那边，他和阿姨联合向 Eva 推销。Eva 无法抵抗，我们就付了六十块钱的船票出发。果然是骗游客的水项目。老板开了几百米，我们才稍微有了点感觉，小船就掉头带我们返岸了。老板赚了钱，阿姨坐了船，Eva 叹了口气。晚上，我们在 Eva 家用她们从重庆带过来的底料吃火锅，看电影。

我知道这些周末、这些人、这一切都是暂时的。我和学校说好了做两个月，到时候我回北京，他们让外教从意大利回来。但是和过一天算一天的日常相比，有两个月的计划已经不错了。有同事，有该做的事情，有早出和晚归，这些都给了我的生活一些结构。这变得比工作本身更加重要。

我熟悉附近的小店铺，早上去吃锅贴，赶时间就买煎饼带走。我不太做饭，但是喜欢去逛菜市场凑热闹，逛完了去吃锅盔和热干面。习惯于北京的密码锁，我有天出门忘记带钥匙，走路手机还摔了，于是就有机会认识了街道的开锁师傅和修手机店的老板。店里面还有很多衣服，老板说是朋友的工厂为国外做的,后来因为疫情订单取消了。青岛的秋天比我预测的冷,我借着缘分买了件没出成国的黑色外衣。

早晨,太阳晒亮了 Eva 住的小区。那些高楼挡住了后面几栋旧楼房,仿佛想让那些居民多睡一会儿。天色温柔,远眺是青岛的天主教堂,再远是平静的黄海。这一下,房子的海景算是被验证了。

因为学校建在一所女子监狱旁边,加上它整个建筑的色调偏灰,导致学生会把周日下午返校的时间称为"回监狱"。我从住处去学校要坐一小时的班车,班车会跨越整个城市接其他的同事,再通过隧道到达黄岛区。这里类似上海的浦东,你会不知不觉地从繁华大城市走到一个又一个村。房地产开发商看着地图有了想法,给这里起名"青岛的西海岸"。

学校很新,是最近几年从老城区搬过来的。理性主义的建筑风格,加上教学楼外墙上刻的宣传标语,一下使我有些不适,似乎回到了墨索里尼时代的罗马。视觉上,青绿的足球场让人欣慰。我问高二的学生他们什么时候踢球,答案是还没踢过。还是那句话:别来和我说中国足球的问题是缺乏足球场。

这是所美术类的学校,之所以会需要我,是因为学校开了一个"中意班",目的是让高中生学意大利语,毕业了就去意大利学艺术。我带两个班级,都是高二。我心里既想和学生连接,又怕让他们失望。我怕自己像个不负责任的父亲,建立了关系之后又忽然离开。跟市场上的教育机构不同,这次有配合我工作的"中教"。他教复杂的语法，盯着学生的进步，承受着家长的不满。我扮演的角色显然轻松多了。在口语课上，我和学生聊聊天，听听他们最近的生活。如果我们的状态是一场婚姻，我和中教的家务分配严重不平等，对孩子的付出主要来自一方。他是不讨喜但有助于成长的家长。我只是偶尔带点零食出现。

每周的第一节课放在周日下午2点。上午，我会在天主教堂附近散步，可是教堂的大门关了，要从一个小门用微信小程序买票入场。很多游客不是去参加弥撒，而是打卡拍照。青岛老城区保留了一个欧洲小城的外壳，每天有专业的摄影师跟着年轻的夫妻去找一个最像欧洲的街角。不少旧建筑成为网红咖啡厅，咖啡像是道具，卖的是一个拍摄档期。几乎没有人在那边办公。

吃完午饭，我会到老火车站旁边的停车场，和学生一起坐大巴到学校。在车上，是接下来一周最后一段真的属于学生自己的时间。会有人聊天，但大部分学生很安静，戴上耳机望着窗外，待在自己的世界里。为了延长这段时间，到了学校我会让他们写作。我经常会在车上想到题目。我很好奇学生平时的烦恼和梦想是什么。那些意大利语作文成为我理解他们的心灵最直接的通道。

第一次的作文是《偶遇》。一半以上的学生偶遇了一只猫，或一条狗。作文中有初中时走路回家，在黑暗中被猫咪陪伴的记忆；有想援助生病的流浪狗，但是医院不接待的无奈。作文中的母亲反对把流浪狗带回家，也觉得猫脏。"长大之后，我一定会有一只猫。"一个被母亲拒绝了养猫的学生自信地说。

学生喜欢看日本动画——《奇诺之旅》《鬼灭之刃》，听他们的青岛老乡某幻君演唱的歌曲《电子羊》，也听讲成长过程的《我还有点小糊涂》。在 B 站，他们关注的 UP 主有科普类的毕导，代表作包括《上厕所时如何科学压住水花》。"虽然我看不懂，"学生说，"但他讲得很有趣。"。

有一次的作文，写的是自己做的梦。大部分的梦涉及考试、作业和学校的话题。有学生在梦中被老师关进监狱了，还有和完成学业息息相关的场景。

> 外面是晴天，我心情也很好。经过公园，我遇到我的画画老师。她很生气。
> "画画完了吗？"
> "没有。"
> "没画完还出去！"
> 她打我的时候，我醒过来。

手机被没收也是一个共同的痛处。在一个发生在周日返校后的梦里面，学生忘记交手机，接着手机被老师发现并没收了。他醒来发现手机还在，感到"很开心"。还有做过同样的梦，后来在现实中真的被没收手机的学生。"这就很悲伤。"她写在作文的结尾。

还有人去了高科技的幸福的未来，有人回到了充满古怪植物的原始世界。有人成为只靠杀怪兽养活自己的超级猫咪，时不时会遭遇生命危险，但杀怪兽的收入足够让她盖一间自己的房子。有时候，学生会跑题，用作文和我交流："我的新意大利语老师很有趣。他很年轻，有深棕色的鬈发。学生们喜欢他。我们想知道他住在意大利的什么地方。"

私带啤酒进宿舍而被禁止住校的保罗没怎么对意大利语上过心。上课时，他连装作认真听的套路都懒得做，直接忙自己的事情。平时的练习作文他不交，只有考试的那天他交了。保罗在开头写了，意大利语题目没看懂，就用英文写：

2020年，我想和朋友出去旅行，但我妈拒绝了。我想买人生第一辆摩托车，但我爸拒绝了。但我还是做了蛮多好玩的事情。我和朋友去了酒吧，唱嗨了，在学校也拿了一些好成绩。

这一年，我开始了解自己。我知道怎么处理朋友关系。我知道怎么学到新的东西，认识新的人，怎么将知识用在日常中。我知道怎么控制自己了。

有时候我觉得生活太惨了，但我总觉得生活在变好。

谢谢你能够花点时间来听我的经历。

那是我那天收到的最真诚的作文。也是我唯一一次获得了一些关于保罗的世界是什么样子的线索。

国庆节临近，学生和老师忙着安排各种活动。放假的前一天，足球场被当作舞台，上演的是致敬武汉一线医护工作者的演出，还有人扮演病毒。我坐在观众席等待。晚上，在学校的剧场，会举办反法西斯主题的唱歌比赛。我带的12班先唱了《保卫黄河》。喊完"保卫黄河，保卫华北，保卫全中国"之后，学生退出舞台，现场爆发出掌声。恢复安静后，12班的学生念出一段简洁的历史背景，为下一首歌曲做出铺垫："与此同时，在遥远的意大利，反法西斯战争也正在热烈地进行着，游击队员对家乡的热爱和保卫家乡的决心被他们唱了出来。"我在幕后听着这些话，准备走上舞台，面对全部坐满的剧场。我要唱《啊，朋友再见》，前两句歌词是由我独唱的。那几秒钟，12班的学生设计的外国人反转使观众惊呆了。幸亏观众的注意力是放在我戏剧性的出场，而不在我的唱歌技术上。很快，学生跟在我后面回到台上，陪我唱剩下的部分。多亏12班，我的简历上多了一项"最美歌声奖"。

第二天，我赶早上的第一趟列车，一路向北到了烟台。

烟台电动车多，我骑着单车上坡路时就知道了原因。我进了一家很朴素的韩国小饭馆，里面总共五桌。我面前，四个韩国女人兴奋地闲聊，喝茶。她们的饭桌上除了菜，还有一个被仔细切成四块的月饼。在另外一桌，一个韩国大爷吃完了海鲜面，用手机看球赛，不怎么搭理坐他对面的朋友。店里很暖和，从厨房传来的蒸汽围绕着我的五官。我点了和看球大爷同样的面，加上一瓶烧酒。服务员女士是店里唯一的中国人。吃好喝好了，四个女人同时站起来。走到了门口，她们中的一个带着客气的微笑向服务员转身，切换成中文说："中秋快乐！再见！"

外面的烟台不像小饭馆一样能让我安心。由于一条规定，我找不到地方住。唯一可以住的酒店是全烟台最贵的一家，但我不想拿一半的工资花在住宿上。我找了一家二十四小时的麦当劳，吃完饭在二楼的长椅上躺了下来。环境很合适，到点服务员会关灯、关音乐。半夜了，店里面只剩下我和两个像是在约会的男生。他们小声地聊天，我渐渐睡过去。

白天，我决定继续找住宿。我相信会有比较低调、管理更宽松一些的小旅馆。但是，一家一家地找过去，我将一系列的拒绝记录在案。差点放弃的时候，我路过一栋条件比较简陋的楼。穿着浴袍的阿姨站在门外抽烟，手里端着一杯茶水。她和我对视，我便向她走过去。

"这里可以住吗？"我边跟着她进去，边说。她说可以，二十块钱一天。我激动得想马上就住，但还是先到房间里确认情况。门一推开，我看到扔在地上的空瓶和烟头，没铺好的床，脑子里已经形成了各种关于前一天晚上的画面。我谢谢阿姨后，就走了。

我试探性地联系一些爱彼迎上的房东。为了提高效率，我写了一段自我介绍后统一发出住宿请求："您好，我叫亚历，是意大利人，在中国生活了四年，今年一直在国内。这几天在这里旅游，希望能在您那边住两晚。"字里行间有种救赎自己的感觉。

一个被通过的请求给了我希望。结果是房东不熟悉爱彼迎，操作失误了。"不好意思，"他发来消息说，"中秋佳节都与家人团聚，所以回老家了，不在烟台，不能安排入住！请见谅！"我们后面还打了个电话处理平台退款的问题，房东还叫我以后再到烟台，他接待。我一时想不到自己还会来这个地方的理由，但还是感激来烟台以后最人性化的一次拒绝。我把单车停在路边，背着包下到海滩躺下来。身心疲惫，我很快就睡着了。

醒来的时候，我查看手机，也不知道是真还是梦，一个爱彼迎房东直接发了个详细地址，让我过去。我赶紧起来背上包，骑单车飞速到达目的地。那是一个小区，我照着房东的说明走到2栋2单元。门是开着的，我上了五楼。

房东是一个单身母亲，办入住的时候她正在带娃。房东让我帮个忙，通过美团的小程序给她的民宿下几个订单，她再用微信把钱退给我。她帮了我这么大的忙，我实在没有理由拒绝。

在威海，一切更顺利。我心里沉沉地发了住宿请求之后，房东只回了"可以"两个字。房东立鹏是一个二十多岁的男生，他成功将自己的出租屋改造为一家青年旅舍。他做电商，通过和工厂的关系低价拿到一些将要出口的正品服装，再卖给国内的客户，能比品牌的旗舰店便宜。我坐在房子的客厅里吃早餐，目睹他和客户沟通的日常。

"我卖给你的皮夹克没有任何问题，你还想咋样啊？"立鹏站在客厅正中间，对着手机咒骂，脸和脖子通红，怒火冲上了眼眶。

每天，接待好了青旅的客人，立鹏会坐上他亮黄的厢型车，跑工厂和供应商。他进的货包括衣服、头盔、包、行李箱，通常是还没有在国内平台上架的商品。他的客户是朋友、朋友的朋友，还有闲鱼上的用户。他大部分的货来自威海对面的韩国。

这次，立鹏碰到了一个难以对付的客户。下单前，客户因为选择尺码的问题陷入了纠结。M会不会太贴身？贴身好不好看？也许L会好点？收货可以换吗？"可以但是不退。"立鹏通过语音秒回了。当时已经很晚，立鹏在客厅里和我以及房子的其他住客一起喝白酒。他给客户回消息时动作自如，让你意识到他已经这样做过几百遍，喝了点也没事。立鹏没有真正下线的时候，只要没睡，他就在处理那些养活自己的复杂的人际关系，忙着谋生。

后来，客户果然要求换货。立鹏开车去郊区，到工厂要了新货。货换了，客户还是不满意，说皮夹克的衣领两侧不完全对称。

"皮夹克就是这样做的。"立鹏发语音说，接着骂了客户一句。他第一次在闲鱼上收到差评，这就是使他发火的主要原因。被不对称的衣领冒犯的客户也是一个闲鱼卖家。打开他的页面，立鹏发现他是卖藏族古董的。立鹏对着客户的闲鱼页面又骂一句，这次他的语气轻松多了，骂完，他默默地笑了起来。

住宿的体验特别愉快。每天，立鹏和所有住客确认谁在家吃晚饭，他收饭钱，室友准备几道菜，大家一起在客厅吃完，然后聊到深夜。住客几乎都是一个人出来玩的，有社交的动力。我认识了颖珺，一个大学刚毕业、现在从事物流行业的女生。她邀请我一起去爬泰山。除了我，颖珺通过豆瓣已经招募了两名山友。我答应了。

10月7日的晚上，我们在泰山的山脚下集合。其他山友是一个滴滴程序员和一个曾经在部队里的东北男生。"我们应该来一轮自我介绍。"颖珺说。她是山友群中最年轻的一员，但社交能力超越我们所有人。滴滴程序员先来，说公司里同事会喊他"叔叔"，他习惯了，我们也可以这样称呼他。叔叔虽然才二十六，但他说话的节奏慢悠悠的，有些稳重，可以理解公司内部给他起的外号。叔叔被同事放鸽子了，所以决定在网上找山友。

"你那个工作，一个月能拿多少？"东北男生打断他的自我介绍问。

"两万五。升职应该就三万。你要是留下来继续升，四万多。"

东北男生昨天已经爬过一次泰山，但是他到山顶遭遇了阴天，没看成日出。不想抱着遗憾离开，他准备来第二次。他以前在部队待了几年时间，进了部队和女朋友分了手。他说是迟早的事。在部队用手机比较难，有时候会连续失联几天。"没有女生能接受。"东北男生说。我问他从部队出来以后的生活是什么样的。他说，还没确定自己想做什么，但是现在，每一口呼吸都是自由的。他准确地说出了我离开学校、搬到青岛的心情。

过了12点，颖珺叫大家停下来。那天是我二十七岁的生日，和三个山友爬着泰山过的。他们给我唱歌。每爬个几百米，气温下降，泡面涨价。热水不太热，面泡得有些勉强。吃完了，叔叔自然地站起来买单，没有人反对。

东北男生靠前一天晚上的经验，说他知道去哪里躲风等日出。在大概六小时的路程中，我多次幻想那个地方长什么样子。天越冷，我的幻想越接近一个带暖气的酒店标间。到了东北男生指定的休息地点，我发现没有暖气，但是后面有石头可以靠，前面有几棵挡风的树。我们将就睡了一小时。叔叔不睡。他的相机有点问题，在山顶找人帮他修。

太阳升起，是晴天，东北男生没有白爬第二次泰山。叔叔的相机拍到了我们山友群里最好看的日出照片。天变暖，我们下山，走到一间小木屋。门外，一对夫妻坐在小路边的石头上卖栗子。

我们坐下来吃。老夫妻还卖鹅卵石，石头外观比较光滑，东北男生觉得不真实。"这一看就是加工做的。"他拿着鹅卵石对小木屋里的老先生说。老先生已经卖出了栗子给我们，对于推销鹅卵石不像是特别有动力。在不久以前，东北男生边下山边捡起一块石头。石头算不上特别漂亮，不过来自泰山，对他来说已经足够了。他准备带回寒冷的东北，送给一个喜欢的女孩。

唱完《啊，朋友再见》和学生合影的拍立得照片摆在我办公室的桌子上。我和学生一起拿了最美歌声奖，关系更亲近了。学生和我拍照，问我有没有扎过头发，给我推荐书和音乐。等上课的时候，我用破旧的台式电脑看学生在作文里推荐的日本动画《追逐繁星的孩子》。上课时，能听到校区里的鸭子叫，学生说还有兔子和蝙蝠。

我们产生情感交流的速度远远超出我的想象。我以为年龄差距和生活经历的截然不同会阻挡双方对彼此的深度理解，像成年人一样，待在自己的同温层并排斥和层外的世界交流，似乎听什么播客可以决定你和他人日后交往的可能性。但是学生立刻习惯了我的存在，用简单的一句"老师再见"将我纳入他们的日常之中。那些我以为会成为沟通障碍的因素，反而促进了我们的交流。我们对彼此没有任何预设，像是在没有地图的情况下去探索一片未知的土壤。我适应了学生的思维——周日下午那些既能引用《愚公移山》，又能讲到在洛杉矶生活的东北博主的作文。在去食堂的路上遇到学生打招呼会给你一种归属感。我原本觉得自己只是来这里体验、观察、了解，却很快就动了心。

教学楼门外的墙上贴着学生的作息表：6点30分起床，7点10分早自习。四节课，午餐午休。五六节，眼保健操。七八节，阳光体育。晚餐后晚自习直到21点30分，学生的一天才结束。你离得这么近的时候，不可能没有感觉。周日课下得比较晚，来不及回市区，我就会在学校里住。宿舍里有四张床下有桌椅的木床，地上又加了一张，用来应对不同的老师偶尔在学校住的需求。轮到我的时候，寝室里只有我一个人住。每次从家里出发去学校，都有一点去郊游的感觉，背个背包，里面装着东北榛子、瑞士军刀、水和电子书。晚自习之后，我从五层的宿舍望着宁静的校区，一群男孩在篮球场躺着看星星。

每周，我期待着艾玛的作文。她的文字让我感动。一个对世界充满好奇心的灵魂在我面前生长，每周像是来看它长到了哪里。坐在教室里，我跟着艾玛的散文漫游到安徽的牌坊群。

> 静坐在鲍家祠堂的花园里，能听到在荷叶上随之摇摆的青蛙的叫声。暮色中，古老的建筑泛着淡金色的光芒。每个牌坊的拱门纪念着一个人。那些人的故事并没有随着时间的流逝而消散。你真的看到这些牌坊的时候，可以感受到古老的魅力。它们很高、很庄严。它们讲述了一些沉默的人的故事。太不可思议了。

批读作文时,我想起电影《男人四十》里的林耀国。可能得回北京了,我这才男人二十七。

外籍群演大酒店

"如果你非要叫我跑龙套的,可不可以不要加个'死'字在前面?"

——尹天仇,《喜剧之王》

回北京的动力是又一次的意料之外的工作机会。我在某个外籍演员模特的微信群看到一部国产战争片在找群演,做五个月。当时在青岛生活压力不大,我觉得太像养老。到剧组工作的可能性立刻吸引了我。我在学校的办公室麻烦同事帮我拍了一张正面照当作演员申请资料。几天之后的深夜,我收到一条微信,确认了我未来几个月的群演岗位。电影的题材是抗美援朝战争,我要演美军。我和学校沟通了,和学生告了别。当时在青岛赶上了一波疫情,经历了一场早期的全民检测。我一度怕走不了,要错过工作了,直到10月29日北京宣布解除青岛方向人员进京的管控措施。我不敢碰运气,赶快买票走了,提前到了北京。

群演报到的时间随着剧组内外的因素不断地变动：11月17日，11月20日，11月30日，12月5日，12月15日，最后是12月19日。下午2点，我带着核酸检测阴性的证明到北京站的加州牛肉面大王报到，接着坐上开往河北省怀来县的剧组专用大巴。我们在火车站的停车场等着各国的演员陆陆续续地上车，人齐时天都黑了。加上下班出京的晚高峰，我们到怀来国际大酒店的时候已经是半夜了。

最恰当的描述是，我从来没有在中国见过这么多外国人。这家酒店住了将近一百四十个外国人。从公司老板到英语外教，从进口商到留学生，在经济放慢和课堂转到线上的一年，这个工作吸引了各种生活处境的人。他们真正的共同点就是一个字：闲。比起待在家里，不如去剧组领工资，还能做点不一样的。虽然都是演美军的，但其实只有七个美国人。大部分人来自东欧和"斯坦"国家。第二大群体是非洲人，再是西欧和南美。有五个意大利人，其中三个重名。

酒店里还住着所谓的领队，都是中国人，负责落实剧组给群演的安排：提前通知出工人员，按时带他们到现场，领装备、化装、吃饭、配合拍摄。其中一个领队叫Bruno，是一个二十出头的东北男生。他个子不高，身体微胖，穿着一件很长的黑外套，让人有些联想到金正恩。Bruno会法语，他的工作是和法语母语的非洲群演保持信息流通。得知我会中文的时候，Bruno并不兴奋。"北京人啊，"他讽刺地对我说，再提出建议，"在大家面前，你假装不懂中文吧。有空咱聊聊天。"在怀来，一个安顿下来之后的冬夜，Bruno 提出想带我一起去泡澡。但是，跟不久以前在烟台一样，我的外国身份给当地人带来了恐惧，澡堂拒绝我们消费。我们改计划为按摩，进去一家店，结果一样。因为让这些熟悉的不便利波及了 Bruno，影响到他的休息日，我感到很抱歉，叫他自己去按摩。Bruno 说不行，转身带我去吃了一顿麻辣烫。生活中有多少个不满是这样得到暂时但关键的和解的呢？

除了体验剧组的生活之外，这份工作对我有某种隐形的意义——是用来证明我学会了在持续的压力之下管理自己的情绪，不像在东莞那样因为一波冲动搞砸工作。在剧组面前，我是一个平静礼貌的会中文的意大利人。为了表现出一副滴水不漏的样子，挣扎隐藏在我的内心深处，别人是看不见的。当剧组里有其他群演崩溃或起矛盾时，我在心里感慨一句：幸亏这次也不是我。

摄影机还没开，气氛已经很紧张。我们要进行为期两周的军训，熟悉一些战场上的姿态和动作。北方的冬天，周围是荒芜的土地，我们以队伍为单元来回跑，练习前进队形。剧组的无人机在空中飞，抓拍训练的过程，据说是给导演组看的素材，用来选择表现突出的群演，给他们转为角色的机会。这个谣言一传开，大家的虚荣心是无法阻挡的。夏令营般的团队活动立刻失去单纯游玩的性质，变成成年男性之间的竞争。一个前埃及军人尝试完成一次戏剧性的向后摔倒的动作，结果受伤了，要拄拐杖，也和拍摄无缘了。玩夺旗时，平时性格极为安静的小穆突然情绪失控。小穆是一个年轻的叙利亚男生，军训的场面使他回忆起真实的痛苦经历。小穆一时激动，用手里的道具枪殴打了游戏中的对手。其他群演加入，现场迅速混乱。才军训了一天，医务室门外已经排着长队。群演们像是做了错事的小孩，沉默地低下头，舔着自己的伤口。夺旗当天就被禁止了。

显然，剧组为数不多的美国人是最有可能拿到角色的。我判断出来，这个事情要在山姆和梅森之间得到解决。作为两个美国白人男性，他们属于宇宙系统中最为自信的生物。但是，为了达到同样的目标，他们表现出几乎相反的态度，似乎象征着两种生活方式。山姆是前美军，在军训环节争当了排长。他利用这个身份，将自己的气场放大展示给剧组。早上出发之前，山姆会在电梯门口等待迟到了的成员，到了军训场让他们做俯卧撑，还伴随着言语羞辱。在大巴上，大家想补觉或者听音乐发发呆，他会站起来大唱军歌，并要求全员参与。不少人反抗了，觉得在还没上班之前，没有必要搞这些洗脑式的活动。也有人觉得就算当了排长，他也跟我们一样是群演，没有资格指挥其他人。山姆没考虑过其他群演的想法，他只想过怎么样才能投入到角色里面。他幻想自己是《全金属外壳》中的哈特曼士官长，却忘记了我们在河北。

梅森走了条更低调的道路。晚上，山姆组织扑克局，他在房间里对比迈斯纳和契诃夫的表演方法。梅森言行保守，事事谨慎。他愿意为了利益放下自我：剧组要求不离开酒店的时候，他在工作大群里问我们是否能拿快递。山姆直接坦率，不太顾后果。在大巴上，他拒绝戴口罩，和领队起了矛盾，大讲一通道理。梅森追求长期的战略胜利，山姆坚持时时刻刻地证明自己全方位的优越。这是两个平行的世界：计较克制或直爽痛快？专业的方法论或阿尔法男①的气质？加州或纽约？

世事难料。鹬蚌相争，渔翁得利。小穆被导演组看上了。他不会英语，也不会中文，这倒是经常让我疑惑，他到底是怎么在中国生存的。但在镜头前，这些都不重要了。小穆明亮的蓝色眼睛在深夜中发光，他变身为狙击手，趴在木屋的屋顶上，拿着步枪瞄准远处。坐在帐篷里待命的群演们难以置信：小穆哪里像狙击手呢？他一个在哈尔滨做冰淇淋的？群演们的幽默里藏着嫉妒，小穆轻易得到了他们想要的。一堆成年男性很快重演上学时欺负弱者的场景：有人说小穆是同性恋，有人在他休息的时候把他叫醒，甚至有人打他。

小穆的成功完美地体现出群演转角色的偶然性。通常是你在拍摄现场的餐厅吃饭时，领队会走进来，环顾四周，表情沉重又迷茫，仿佛是在大草原上丢了一个里面有毕业论文的U盘。

---

① 阿尔法男，指在群体中游刃有余、掌控一切事物的"老大型"男性，他们往往是人群中最具竞争力、最成功的、最吸引异性的类型。

一般这就是一切的开始。领队会带着导演组给的要求,在眼前的群演中找答案。他会直接提一些非常具体的问题:"谁动作快?谁会扔手榴弹?谁中枪死得比较好?"一些从来没试过这些动作的人会举手,自信地去参加筛选。这些人会直接在外籍餐厅里试镜,用摆在地上的床垫表演。在一个典型的拍戏的夜晚,外籍餐厅主要会出现四种打发时间的方式:试镜;围观试镜的人;打牌;睡觉。我印象里,打牌的从未试过镜,睡觉的从不去围观。

只要你上了个洗手间,出去抽了根烟,就有可能错过领队找人的时机。像是在试图分析股票市场的逻辑一样,群演们会讨论为什么某个人今天被选上了,要长什么样才会被选上。有人说这个事情不要焦虑,是天注定的:你的脸已经是某部中国电影里面的角色,只不过你不知道是哪部电影,哪个角色,会什么时候拍。要接受这种被动,接受除了你的能力之外,运气和他人决定的成分,并在坎坷的过程中确保,不让难过的体验影响到你对自己的判断。这是参与游戏的心理成本。不想承担它的群演会干脆地不参与,在旁边打牌,避免任何负面的感受。也有单纯喜欢打牌的。

群演转角色不会带来额外的收入,为这个事情头疼的人渴望的也不是钱。一个特写、一个角色名、一句台词,这些成就无非是在说:没错,你跟别人不一样,你比较特别。在一种人被用编号来称呼的工作环境里,这种心理需求是可以理解的。我是 46 号。出工名单上如果没有 46 号，我就可以休息。在现场也会喊编号，你会学会在人声吵闹中辨认出来。像你的名字一样，它在你心里会变得很亲切。互相记得彼此的编号是两个人关系走近了的表现。

"你觉得我还算上镜吗？" 72 号问我。我们刚在大巴上认识。听完我以为他在瞎说，不用真的回答。

"算还是不算？" 我笑了之后，他又问了一遍。

72 号给我一种父亲的感觉。我猜，是因为他是一个四十多岁的意大利男性，还跟我爸重名。我下意识期待从他这里得到指导、建议、解释。这不就是四十多岁的人做的事情吗？他们看透了，对吗？他们经过迷茫的二十，忙碌的三十，已经迎来了看懂了生活的四十吧？那现在怎么是我要回答问题呢？我的现实和认知发生了冲突。

"算吧。" 我终于说。72 号点点头，似乎对我的答案还算满意。我发现他不太像我父亲，他需要的是肯定。我们应该更像是朋友。

进剧组前，72 号和他姐姐赌了一把：他要在电影中露脸，并且不是那种要暂停放大的露脸，是需要以正常的播放速度能认出来的。

"没露脸的话，" 72 号说，"我来这里就算是彻底失败了的一段经历。"

我一听就觉得这件事情比较麻烦。我试图提供一些其他思路：如果没拿到角色，在剧组待五个月也是一段很独特的经历。你会遇到来自世界各地、从事各行各业的朋友，认识有趣的人。听我说这些，72号没有直接摇摇头，但可能心里有。他说这跟别人无关，是他和自己之间的挑战，结果只有成功和失败。听72号讲，像是看到一辆高速驶向悬崖的车，司机还说那是他唯一能去的地方。

怀来的冬天，窗外荒凉阴沉，72号经常到我的房间喝咖啡，吃饼干。我们试图摸清剧组的黑箱：分析当天的出工名单，猜测晚上会拍什么场景，判断哪些群演会成为角色。在这个问题上，我们有正相反的态度。我们每次的交谈接近两套哲学之间的对立。他相信古罗马所说的"Homo faber fortunae suae"，人是自己命运的创造者。在意大利读高中时，这是在拉丁语课堂上会学的格言。我那时觉得很有道理，但放在当下，它似乎不那么管用了。命运真的是我们能创造的吗？一年以来，生活更像是一个俄罗斯轮盘：你可以使劲地指望自己会落到哪个数字上，但用处其实不大。我不知不觉远离了古典的西方思想，接受了顺其自然。我仿佛把剧组看成一个以它自己不变的逻辑推动的事物。它如果决定了你是角色，那好。没有的话，轮不到你去改变这个现实。说白了，我恐怕72号所做出的努力起不到什么作用。

不过，我尊重他单纯认真的态度。72号曾经当过海军，身上还有两处枪伤。他对于电影行业和剧组文化一无所知，却坚定地投入其中，并为自己设定极高的目标。他在上海是科技公司老板。在怀来那段时间，他一边经营公司，和员工通话，一边自学表演，在网上找关于控制面部表情的视频。在选角过程不算透明的剧组，他尝试了所有正当的手段：在军训期间当排长，在拍摄现场当军事顾问，平时留意机会，及时参加试镜。在拍摄间隙，72号会熟悉导演组的人，和他们聊天，打听尚未定人的角色。很明显，这是他几十年来养成的生活习惯：给自己一个新挑战，再想办法去做。抛开职业生涯中的客观成绩，最能体现72号人格的是一次多年前的经历：他说服了二十几个朋友，一起爬雪山，建造一栋冰屋住。这样的人能做公司老板，也不算奇怪。

　　永远处于变动的拍摄计划、不断被调整的场景台词、临时添加和删减的角色，唯一固定的因素是72号的目标，一时近，一时远。某天下午，他被通知要去现场配音，半小时后又被通知不用去了。这是作为群演最为日常的情绪过山车。几乎所有人都经历过至少一次被领队叫赶紧穿好装备去现场，心里有些激动，盼着突如其来的机会，而到了现场却发现没有任何动静，你站了几分钟之后就有人说不用了，先回去休息吧。时间久了，大家去现场的心情充满不信任，觉得大概率很快会原路返回。

　　但是"少点期待，少点失望"就不是72号的风格，所以他成为威利·基顿：一个美军工程师，在水门桥之战中负责修桥的工作。由于志愿军的袭击多是发生在深夜，修桥的场景是涉及美军的为数不多的日戏。剧情中，威利·基顿从吉普车下车，和部队确认修桥的进度，还口头回忆起二战的一些经验。我在监视器中看到72号的特写时想着：看来我错了，顺其自然不如自己创造命运。导演组以72号的真名称呼他，一台机器专拍他的面部表情。这是72号在剧组最幸福的一天。

在怀来，大量外国面孔的出现引起了一些疑问。在走去县城唯一的电影院的路上，我听到有人从旁边叫我。是一个三十来岁的当地女性。

"不好意思。"她对我说，语气有些羞涩。

"没关系。你说。"

"我有点担心。你们来这里干吗的？好多人。"

"我们在拍电影。"

"拍电影？"

"对。"

"好的。不好意思啊。"

"没事。"

她的提问比较突兀，从礼仪上来讲也不算特别合适，但我喜欢她的真诚。她没有对我表现得很客气，表面上欢迎我而心里保持距离，甚至形成敌意。她感到不适应时直接找了让她不适应的一方，提出自己的困惑。如果所有的移民现象都能这样，通过有关各方在路边交流立即得到解决，那么历史上可能会少一些战争和种族冲突。

不过，那样澄清是非的对话没有第二次了，当地人的行为也很快影响到了我们的正常生活秩序。总结起来，事情是以如此魔幻的逻辑演变的：看到走在路上的外国人，当地人会告诉警察，所以剧组决定不允许外国人出门。"你什么也没有做错，"剧组的工作人员对我们的同事解释，"只是这儿的百姓不喜欢外国人，警察又不想接到过多的举报。"为避免拍摄受到影响，剧组只能服从，禁止外国人出酒店的大门，违规罚款一千元。警察直接派人住在酒店，怀来的百姓获得了胜利。

除了去超市买东西，我出门是为了踢球，给两点一线的日常生活增加点乐趣。足球场位于京北恒大国际文化城的运动中心，距离酒店十六公里。从怀来乘坐高铁到2022年冬奥会赛场所在的太子城只需要二十八分钟，怀来因此也想要打扮打扮自己。这座城市依托冬奥的时机和葡萄酒之乡的名声膨胀式发展，后来遭遇了疫情，又缺乏产业和人口支撑，《中国房地产报》的记者称怀来的楼市陷入了"冰封状态"。这片在建住宅区是恒大集团在北京西北方向最大的楼盘，内部配套包括十一国风情酒吧街、欧式皇家园林、世界主题美食街、亚洲红酒交易中心。我们打出租车从高速到达运动中心的大门。气氛冷清，眼前是高楼，周围是荒山。

在我们下了车以后，闲聊了一路的司机也会打电话给警察。

我们因而学会了不用打车软件，直接电话联系一些熟悉可靠的司机。我们甚至有了一张怀来出租车司机白名单。在专门建立的地下足球群，我和72号提醒大家保持动作低调，通过酒店后门出行。在回来的路上，我们到了十字路口就提前下车，避免经过酒店大堂，引起剧组人员的瞩目。长这么大，还要偷偷摸摸地去踢一场球赛，是我真的没预料到的。我在球场上感到特别放松，球员间有分歧就及时劝架。来之不易的球赛，输赢变得无所谓，我们只希望能开心顺利地踢完返回。借着72号的鼓励，我克服了怕麻烦、容易放弃的性格，连续组织了好几场球赛。晚上回酒店我身心俱疲，不过对自己很满意，也感到其他群演的幸福程度提升了。原来足球的命运也是需要创造的。顺其自然，不会到足球场。

在不具备冰箱条件的酒店房间里住了将近半年，我的营养依靠三养泡面、八宝粥罐头、常温酸奶、麦片、地瓜干、米饼、核桃。天冷的那几个月，可以拿窗户外面的空间当作冰箱，保存一些奶酪和果酱。剧组提供的重油盐伙食难以消化，我吃了一周就觉得腻了。我发觉了自己的适应能力的另一面，它会让我无意识地身处一些莫名其妙的状态：在72号眼里，我是吃干食物生存的神奇人物。我喜欢72号对填满每一天的追求，以及这给我带来的影响。我们点外卖、看电影。无聊时，我们把附近的小山爬来爬去无数遍，在附近的停车场踢球，在酒店的楼梯间跑步，从我住的十三层跑到负二层再跑上去。我们把剧组的意大利人叫齐了，在房间里用水壶煮意面，将那顿称为监狱餐。热闹和笑声中，有一种重新和世界接轨的感觉。我们在路边发现了两只发抖的小猫，决定收养它们，用水果店的纸箱在酒店门口给它们搭建临时住处。小猫喝剧组发的牛奶，并以电影的题材为灵感被起了名：Korea 和 America。

处罚公告

很抱歉地通知你们这样的决定，因为我们大多数的兄弟都在工作上表现得很好。

我们解雇了剧组里的两个人，这是制片组和领队组的决定。

59号：在抖音上上传了我们的训练视频，这对我们的电影制作过程有很大的危害，违反了制片组的规定。他还违背了我们在保密协议上的承诺。根据保密协议，他被罚款两千元，并与剧组断绝了关系。

13号：被制片组举报了三次不当行为，救不了了。

78号：解雇警告。对领队有不尊重行为，频繁找借口不参加训练，我们正在处理他离开剧组。

39号：在拍摄现场的行为非常糟糕。首先，和我们领队打架；其次，不尊重其他成员；三是不遵守剧组规定，包括在洗衣房插队，总是抱怨剧组，总是为自己的懒惰找借口，扰乱训练的秩序。

希望每个人都能比他们好。你在这里不仅代表自己,你还代表你的国家的精神,每个人都通过努力获得自己的荣誉,这份荣誉将你带到了一个更好的地方,让其他人更加钦佩你。

感谢你们的配合,很抱歉这么晚打扰你们。

这样的通告经常会出现在我们的工作群,有时候连续发三遍。杀鸡儆猴是剧组的日常手段:每隔一段时间,会宣布开除39号,但第二天出工时还是会在大巴上见到他。在长达五个月的合作中,剧组和群演始终无法对彼此产生好感。最恶劣的行为是尝试利用微小的福利来制造群演之间的对立。这是某天早上在群里公布的迟到名单:

88号:迟到八分钟,罚款两百元。

136号:罚款两百元。

86号:迟到二十七分钟,罚款三百元。

49号:迟到三十六分钟,罚款四百元。

请大家把罚款交给领队,罚款用于给今天拍摄的六十八人买礼品。

过了段时间,新的罪人被摆在了大家的面前:

60号：两次无故旷工，影响拍摄，被扣四天工资。因深夜在酒店喝酒，严重影响他人，造成极端不良影响。扣五百元工资。

39号：在现场使用手机拍照，被罚款一千元。因在现场顶撞导演，不配合拍摄，被罚款一千元。

80号：在现场醉酒，因带酒到现场被罚款五百元。

9号：带酒到现场，在现场醉酒，罚款五百元。

19号：无故旷工，扣两天工资。

114号：无故旷工，扣两天工资。

62号：迟到十五分钟，扣工资三百元。

上次的迟到罚款，还有二百三十六元，加上这次的迟到罚款，我们可以吃比萨了。

当时，62号感觉很愤怒。他是早上7点45分夜戏拍完后回到的酒店，洗澡收拾后，在早上8点40分休息了。下午1点，剧组发了包括62号在内当天下午5点要出工的人员名单。62号还在睡，没看到群消息。出工的时间临近，62号不下楼，不回电话。领队尝试帮他请假，被剧组拒绝了。逼得没办法，领队找服务员开了房门。裸睡在床上的62号说自己宁愿接受旷工的罚款也不想出工。领队坚持把他带到了现场。由于不同部门之间缺乏交流，剧组表达了两种相互矛盾的态度：一边道歉，一边扣了他三百元工资。

临时公布的出工名单也是我唯一一次对剧组公开表达不满的原因。3月14日至17日，我和其他十来个人被安排参加白天的组，打乱了我们平时拍夜戏的作息。拍的是美军登陆仁川的戏，现场是一片荒地，主要靠后期做特效。抬头是沃尔沃的发动机工厂，而走路要假装脚下是大海。出工得早，那几天要凌晨5点在大堂集合。3月17日收工回酒店，我期待睡个自然醒的觉，晚上9点不到就睡过去了。次日5点12分，我起来上洗手间，顺便查了下手机，才发现昨晚10点发的出工名单，我得三分钟后在大堂集合。我憋着怒气下了楼，上了车，决定在工作大群发一条消息，指责剧组内部不合理的沟通习惯，要求对演员的基本尊重。"为什么不在凌晨3点宣布呢？"还有人讽刺地提问。那天出工的人的情绪都很紧绷。我们什么都没拍，中午有人因为一只鸡腿差点吵起来，剧组决定提前收工返回酒店。

除了通知发得晚，剧组的沟通风格本身也令人难以接受，随意地使用略带攻击性的言语来传达日常的信息。这是一条深夜发到工作大群里的消息：

> 所有人，请不要迟到！！！！出发时间是早晨！！！明天所有人都去拍摄，不许迟到！！！

作为某种人群控制的手段，休息日也是到了最后一刻才通知的，以防群演做任何到外地出行的计划。圣诞节的时候，会要求每人每天到酒店前台签到。过年期间，以疫情为由，出酒店大门需要跟领队申请，晚上 7 点以后不允许出门，领队直接坐在大堂拦人。深度咖啡有幸成为唯一一家我们被允许到访的店，理由是酒吧会有"当地的流氓出没"。领队说，如果有派对，记得叫他一起，这样他能够保证大家的安全。

当然，群演也有可以改善的地方。有人将剧组提供的早餐拍下来发到工作大群里。他抱怨鸡蛋的新鲜度，不知道褐黄色是茶叶蛋做法的缘故。某天中午，一个埃及群演不放心自己盘子里的牛肉是不是清真的，不耐烦了就骂了剧组的工作人员。在酒店住了半个月不到，剧组召开了全体会议，请求所有人不要再叫小姐到自己的房间。老板亲自出席，并说了著名的金句："为自己的祖国长点面子吧。"斋月的第一天，有伊斯兰教信仰的群演在拍摄中集体离开现场，卸妆开始祷告。有天晚上 7 点收工，大巴上五十多个群演已经吃完饭想回酒店，但外籍餐厅里还有十几个穆斯林群演要等夕阳下山才能动叉子。领队站在餐厅大叫他们快点吃快点走。他们保持沉默淡定，时不时拿手机查时间。拍大场面的时候，有的群演会趁混乱偷懒，躲在道具车里睡觉，到了饭点再起来。

这是一段双方都不快活的关系。两边都觉得，它结束得越快越好。

剧组是有明确等级系统的江湖，现场的结构以不言而喻的方式陈述着这个事实。导演是看不见的绝对权力，不会离开自己专属的房车，只通过声音和现场发生连接。像是等待某种神灵的信号，工作人员望着不近不远的导演房车，仔细听着从对讲机传出来的指令。主创团队有专门的餐厅和厕所。剩下的人分别在中餐厅和外籍餐厅活动，偶尔会去探索对方的伙食。凌晨的消夜是所有部门的权利。

位于金字塔底层的是场务，他们也是最受欺负的群体。我在现场闲着的时候认识了一个很年轻的场务。他才十九岁，来自青海西宁。为了进剧组，他给河南的某家公司交了一千八百元的手续费。到了才发现，剧组根本没有手续费这个东西。他在西安读空乘的专科，来这里是以为可以当个艺人助理或辅助演员，后来只当了场务。过了半个多月，他不想干了。

"为什么？"

"饭特别难吃。昨天在宾馆，锅里有种臭味，我就没吃。"

"还有吗？"

"组长打人。他觉得谁做得不好，就当着大家的面骂他、打他。"

"怎么算是做得不好？"

"像我蓝幕拉得不好。"

"就打你了？"

"没打坏。"他脸上仍有青春痘，说的话却带着属于成年人的厌世。我让他猜旁边两个美国演员的年龄。他猜二十五，最多二十六七岁。实际上，他们三十四和三十九。我先是以为他是想客气，猜低一点。后来我想，十九岁的时候，你印象中的二十七岁的人已经够大了。二十多、三十多又没有什么区别。更大的就是你爸，再大了是你爷。

"什么时候走？"我问他。

"3月4号，干完一个月就走。"

"已经跟组长讲了吗？"

"没有，过几天再说。"

"你准备回学校吗？"

"对，要毕业。毕业了再读个本科吧。"

在江湖生存是一种技能。保命的方式是证明自己活干得好，工作是以上司为观众的表演。某个演员副导曾经表达过这样的精神："我们被骂了就调整，他们什么都不说我们就对了。"化妆师团队会先过来给你补妆，是否真的需要妆，再说。接到指令的领队会让群演去服装间，确认需不需要换衣服。

"为什么要换？"群演问。他忙着把吃完的瓜子扔到对面的草坪上，并没有想动的意思。

"你去吧，肯定不用换。"领队说。

"那为什么要去呢？"

"这不就证明我工作了嘛！"

当吹风机的操作员被告知"不用吹了！自然风吹得挺好的！"，只能想象他的无奈。

在军训当排长，算是山姆的开门红。他不招人喜欢，但几乎所有人都觉得他会拿到一个角色。可是后来的事情没有他想象中那么顺利。日夜作息的频繁倒转、漫长又枯燥的群演站位工作、不让人有期待的伙食——山姆变得烦躁。他拒绝作为群演露脸，因为觉得会影响他以后扮演角色的可能性。不过剧组像是一部机器，要往前走，也不在乎你的担忧。山姆发现，本来设想的一帆风顺实际要复杂得多，是一条挑战人性、崎岖不平的山路。在现场的配合度低、和领队的关系不佳、在军训大喊口号的排长逐渐落到了剧组的边缘。

梅森要当将军了，会有特写，还有对主演说的几句很狠的台词。距离拍摄只剩几天，他在做精神上的准备，逐步地进入角色。某天下午，梅森和我说他想要拿一个奥斯卡奖。"梅森，你在说什么？"我是真的想这么回答他的，但我没那么说，只喝了一口咖啡。"这是我的机会，"梅森说，"我已经想好了我的获奖感言：去你的，吉尔伯特·拉姆齐。"这是曾经欺负梅森的初中同学。我们坐在怀来的咖啡厅，讨论的既是一部中国的主旋律电影，又是美国的奥斯卡奖。我望着窗外走路去买菜的路人，深呼吸，体会这种奇特的反差。

那天晚上，确实是一场戏。为了反映出他新获得的荣誉，梅森特意买了一把露营椅子带到了现场，模仿剧组给主演安排的休息站。晚饭也是提前买好的。梅森身处外籍餐厅，但心里已经脱离了群演的身份。他坐的椅子、吃的汉堡，跟我们在长凳上吃的盒饭不一样。这些一般象征着你地位尊贵，有人专门照顾你。梅森主动照顾了自己，向大家说他很重要。这是一场自编自导自演、让观众心情很复杂的演出。

到了镜头前,梅森的表演继续。他喊剧组的工作人员给他送水。负责在演员的衣服上撒假雪的场务被他拦住。"我是老板。"梅森对着场务反复说,不允许他撒雪。开拍前,他和电影的主演握手。这是他的高潮。半夜12点,戏拍完了,剧组发放消夜。出工的人多,外籍餐厅里排着长队。"将军来了。"梅森冲进外籍餐厅说,但没有人做出反应。"将军来了!请让路。"梅森边说边沿着长达二十米的队伍往前走。大家看了梅森几下,不理解他是在做什么。梅森走到打饭的位置,拿了一份消夜就转身离开,沉浸于角色给他的光环。威利·基顿就没有那么幸运了。像经过视频回放严谨的检查后被判无效的进球,剧组拍完他的戏后,删去了这个角色。跟他自己的真实生活一样,72号回归了海军。他扮演的新角色是一名美国海军直升机飞行员。那场戏赶在拍摄的尾声、距离杀青只剩几天的时候完成了。5月12日的傍晚,作为第一备用演员的72号到达了摄影棚。室内的现场十分寂静,72号坐在凳子上,望着俄罗斯人苏东到直升机的内部入座。飞行员佩戴的装备包括紧身的面罩和头盔,长时间的拍摄容易使人不舒服。俄罗斯人苏东试了又试,最终选择了放弃。剧组快速叫备用演员换服装上场。在厚重的装备下,镜头只拍得到一双蓝色眼睛,是海军飞行员72号。

何处才是家？

> 家，我也不知道那究竟意味着什么。
> 我总希望能发现它的蛛丝马迹，但总是难以找到。
>
> ——Shanghai Qiutian，《家：意义》

2021年10月20日，星期三。挤着二十来人的客厅不剩什么活动空间了，大家坐在地上的垫子上。我觉得很奇妙：这是写作俱乐部的第一次活动，但大家好像一直都在等它，很自然地融入了节奏。有人对我的身份感到好奇（"一个中文写作的活动居然是一个意大利人发起的！"），而我很好奇都会有谁来。有人在分享作品之前说，她这一天都在公司，没怎么说过话。有人说，上班之后很难写东西，一有写作的灵感就被老板打断了，后来也就忘了。有人写了一首诗，《车厢里》，讲述上班坐地铁的枯燥：

> 突然有一股巨大的无聊

在车厢里

将人们弥漫

绳子

自帽前的孔洞伸出来

空气友好地将其承接

有人

打了一个喷嚏

打了一个喷嚏

打了一个喷嚏

从墙壁上的孔洞

传出了友好的提示声

车厢里

绳子自帽前的孔洞伸出来

我的目光

友好地将其承接

"滴滴滴"

车门打开了

更多的无聊

涌了进来

(作者：日晒)

以前在罗马读大学，我会去一家藏在小巷里的酒吧，带自己写的东西参加一周一回的 Suddenly Every Wednesday。在灯光暗淡的小酒馆里面，客人轮流走到最中间的位置，坐在凳子上念出自己的文字作品。有人弹着吉他读一首在公司写的诗。有人拿着十几张纸念自己写的小说。有人再点一杯金汤力。很快，白天的现实消失在酒杯里。站在酒吧门外的小巷，大家抽着烟聊着多年没写完的小说、准备要排演的小成本话剧、借着酒精刚构思的电影剧本。这些作品会不会真的做出来不重要，重要的是它们在琐碎的日常中给人带来的希望。

电影杀青以后，我从战场回到社会中，有一些不适应。离开了剧组，我失去了归属感，不知道去哪里才算是家。没剩下几个朋友的北京吗，还是已经离开了五年的意大利？似乎两个都不是。我两个姐姐都辞了职，大姐在老家创业，二姐搬到了西班牙。她们的生活像是有向前走的迹象，使我问出自己的痛处：除了学了点中文，我在中国这些年到底干了些什么？许久没联系的高中朋友当了父亲，女儿两岁多。我想不出能怎样在他面前概括自己最近的状态。我在一部中国电影里做了五个月的群演？可能会在成片中出现两三秒？怎么说自己都像个段子。我站在一个尴尬的真空地带，对于下一步往哪走感到很迷茫。

这一年，我感受到了和周边的人的摩擦。在怀来的时候，我跟72号一起走路去超市，两个骑着电动车的初中生靠近我们喊了一句："Fuck you！"喊完便在红灯亮起前加速，消失在远处。看到我，公交车上的奶奶叫朋友戴上口罩。我怕这是要认命回家的时候。刚好待了五年，这被认为是外国人在华生活的分水岭。但我又不甘心放弃：以偏见和误解、矛盾和辱骂告别实在让人心里不是滋味。我要再想想办法。6月初，我接受72号的邀请，到上海在他家住几天。这几年，他在长宁区租了套一百多平方米的房子。2020年合同到期时，72号和房东商量，争取到了以更低的价格签新的租房合同。这是我听过的唯一一起降价续约的案例。

72号和上海的缘分跟房地产有一定的关系。他当时来中国是出半年的差，作为管理层对公司的上海分部进行效率评估。翻着账簿，有一笔开支让他疑惑：公司每月花两万元租一套房子。他问了之后，得到的说法是这套房子是出差专用的。72号觉得很奇怪，既然有房子住，为什么让他去酒店？他把房子的地址记下来，打车去看了一眼。敲了门，一名女士出现，说经理晚上才回家。72号向公司的德国总部提交了财政报告后，详细说明了资源浪费的情况。总部开除了经理，并问72号：你要不就留在上海？

到虹桥车站下高铁，上地铁时，我和72号说，46号快到了。"那我把千层面热一下。"他回复说。我看着陌生的上海地铁线，觉得很奇妙：我居然可以远离熟悉的首都，穿越半个中国到朋友家，还有千层面吃。不知道是真是假，是短暂的幻想还是有了新突破的局面。唯一的回答，是去吃千层面。

我住在客房。闷热的晚上，我躺在充气床垫上，左边是72号的钓鱼竿，右边是他用来打游戏的台式电脑。冬天，他会打开窗户，让寒风冲进来，以便投入到冒险游戏的气氛中。我们早晚在小区里遛十三岁的老狗凯约，中午吃Wagas，理发。在家点外卖时，我们吃汉堡，老凯约吃二十五块钱的牛肉饼。周末我们骑电动去踢球，到富民路吃brunch，逛仿货市场。在上海那七天，72号开放了自己的生活，邀请我做了个免费体验。之后我可以自己判断喜不喜欢这里，要不要搬过来。

我尽量推迟做决定，在漂泊的自在中躲避。北京像是一个前任，有美好的回忆，但是是回不去的。它又像一段离不成的婚姻，总以某些借口牵绊住你。我们已经分居了：我在上海参加电影节，出门在外有快一个月了；它在家等着，保管我的行李，默认我早晚要回来。7月初，我确实回到了北京，是为了续签证。我已经没有房子住了，在电影资料馆边上的和园客栈订了一个六人间的床位。等签证下来那几天，在剧组认识的经纪人联系我，问我要不要去敦煌的一个网络电影做十天的群演。"对你的职业发展没什么价值，"她坦白地对我说，"但你如果只是想玩一玩，也是可以的。"我迅速答应了。只要能继续躲避，我挺愿意去沙漠扮演抵御外星生物的国际战士。

在现场，我经常和经纪人闲聊。她劝我不要再接这种活，说我是专业学电影的，应该找角色，找机会发展。"其实很快的。"她说。我喜欢她。在我接触过的经纪人中，她算是说话最算数的一个，不随便许诺，还没确定的事情就不敢向你保证，条件提前说清楚，不留后面出问题的空间。她的沟通风格比较透明，会和你及时汇报剧组的情况，不会让你一无所知地等通知。干完活，我们一起坐上敦煌到北京的绿皮车。三十六小时的路程，我到她的下铺坐下来。她请了我一顿盒饭，并支持我去上海的念头，她不在剧组的时候，也在那边。"到时候记得和我说，我帮你找戏拍。"深夜，车厢内熄灯了，我们轻言轻语地摸索未来。在回到自己卧铺的路上，我决定搬到上海。

8月1号，我坐完一夜的绿皮车后到达上海。最后能让我鼓起勇气迈出这一步的，是把它当作一次尝试，而不是一个重大的人生选择。没有可靠的收入来源，我就不敢租房子，承担潜在损失的风险。我住在浦东的一家青旅，八人间的床位，月租一千六。我用降低成本的方式来抵消未来的不确定。

第一个月，我没开一次张。我躺在青旅的上铺，反复刷微信群，找拍摄，投资料。经纪人在外地，帮不上太大的忙。在火车上，她口头上鼓励了我，但现在到了上海，其实是我一个人的事情。我参加了几次广告试镜，但都没有后续。缺乏收入，但不缺开支。我坐在青旅的露台办公，心不在焉，站起来的时候撞到了沙发旁边的木板，头上裂开了两厘米的伤口。楼下的社区卫生中心无法缝针，我跑了趟医院，做了CT，缝针的过程中由于紧张还晕了过去。我预想过开头会有困难，但没想到会这么糟糕。8月份，只能像笔坏账把它一笔勾销算了。月底，72号去青海玩，问我想不想到他家住，照顾一下老凯约。那一周我仍然没有任何收入，但是从浦东到了浦西，从青旅的八人间升级到一间自己的房子。每天早上下楼遛老凯约的任务给我的日常添加了一点结构，顺便逼我按时起床做事情。因为注册了一个招聘网站的账号，一家留学机构联系了我。它们是我想避免的命运：来这么远，不是为了再当一次老师。但是收入的问题日渐变得难以忽略。仿佛在和魔鬼做交易，对方知道我的弱点，我也知道他的危险。我同意去做兼职，保留一些时间去试镜。

实际上，我9月份在做全职。机构的那不勒斯女同事要准备一个考试，想请一下假，拜托我替她代课。我把同事的临时情况当作一种缘分，在开支较高的搬家阶段让我多获得些收入。我白天到浦西的机构上班，晚上回浦东的青旅住，像是在过两种生活。我利用作息的间隙看房，在上海图书馆附近看完一套狭小的复式后，房东大叔叫我到楼道的对面，进他家里坐坐。一进去，房东开始抚摸我的后背，说其实我住他那里也行。我快速转身走出大门，向同在找房的微信群群友告知情况，避免一次不理想的相遇。

一个名叫小苏的年轻中介带我去瑞金二路看老洋房。那是个1929年建的、以三层住宅构成的弄堂，大门口摆着上海市优秀历史建筑的荣誉牌匾。左拐，右拐，再左拐，迷宫般的弄堂终于走到头，才是11号楼的木门。爬上陡峭的楼梯到二层，是一套带阳台的低价房。低价的原因是房子里没有厕所。或者说，厕所是有的，但是没法用。像很多同行一样，二房东想要提高房子的市场价值，用塑料板在房子内盖了一间简易的厕所，被市政发现了，水管全被切断，只剩下一个厕所的样子。真正的厕所在门外的楼道里，是和住隔壁亭子间的租户共用的。算上这些不便利，可以用三千五百元在名贵的地段拥有专属于自己的落脚地。我签下合同搬进来。

找房的时候，朋友和我说起了706，一个探索共住概念的青年空间，在全国各地开展了所谓的"生活实验室"。我联系他们时，上海的实验室已经住满了，但是他们邀请我去参加在"城市客厅"举办的线下活动。和生活实验室不同，城市客厅没有人住，是一个专门用来办活动的空间。它在天平路36弄，靠近武康大楼的位置。这也是一套复式住宅，不算大，哪怕人不多，也很容易坐满。我第一次去是8月的一个周六下午，活动发起人是一个在杭州读研的女生，讲的主题是中国性工作者的现状。她讲完之后，十几个观众有序地举手，和讲者开始问答环节。我喜欢这种安静、专业、平等的交流：一起观察社会，共同进行讨论，逐渐突破自己的认知。

忙着工作，我9月份只去了三四次706。撑到了10月，我带完了同事的课，国庆假期也来了。七天的时间，城市客厅一直开放着。每天，每段时间，都有人在，不是办活动就是做饭、玩桌游、聊天、喝酒、听音乐。有的人会直接打地铺住。从我的新家骑单车过去只要不到十分钟。我去为大家做一顿金枪鱼番茄意面，不怎么会出错，管饱又保面子的一顿饭。气氛放松愉快，上海的秋季很舒适，微醺的青年出来轧马路，围着武康大楼流荡在徐汇的夜。

我觉得也许这里有我的地方。在北京，我更多的是在被动地接受那座城市。这次到上海，我想试试成为它的一部分。大学时有创意写作课，人们围成一个圈子坐着，对彼此的作品提供意见和建议；晚上，有小酒馆里的 Suddenly Every Wednesday。我想创造这两种场景的融合：一个不像大学那么严肃，又没有酒馆那么分散的交流空间。我给准备在706举办的活动起名叫"写作俱乐部"。活动规则只有两条：必须带上自己的作品；没有作品，带一瓶酒。

我感觉写作俱乐部挖掘出了点什么。比起说是表达，它更给人被倾听的场合。在原子化的日常中，这显然是大家的一种很强烈的精神需求。我决定继续办下去。但是，俱乐部才办了两次，城市客厅就因为扰民被邻居投诉。失去所租下来的空间，刚找到家的写作俱乐部需要另外想办法。我决定把它带到家里。

201室的楼下是对八十多岁的上海老夫妻。三个做代驾的男生挤在隔壁的小亭子间，我们之间几乎没有隔音。为了防止遭遇和天平路的空间一样的收场，我计划把参加活动的人数限制在十五人之内。很快，我发现这一点不太现实。活动的名额填满之后，总会有人私下问我能不能来，能不能带个朋友。我一边感觉到活动中有警察来敲门的可能性持续提高，一边无法拒绝他们。那天晚上，临近活动的时间，我忙着调酒和切法棍的同时，来得早的人帮我给到场的大家开门。我调了几杯酒之后转身，看到二十多个人坐满了整个出租屋。椅子、沙发、床上、地上都是人，几乎看不到木地板。我能想到的对大家说的第一句话是："感谢国家，感谢党。"

在写作俱乐部，过着各种不同生活的人通过文字作品发生连接。创造这样的机会，推动这种交流，是办俱乐部给我带来的最真挚的快乐。在现场，有高中生和上班族，有准备去美国读书的和没上过大学的社会人士，有写科幻小说的和写小镇往事的，有做金融分析的和做行为艺术的。我只是把他们连接到一起的文字中介。

我注意到煤球，一个来自安徽的男生。他从俱乐部的第一次活动就开始参加了，但是一直保持沉默，坐在角落里听着其他人的作品。后来有一次，我试探性地点到了煤球，问他要不要读自己的东西。他表现得惊讶又纠结，但还是拿出一篇两年前写的片段，是讲小时候在房顶的一次看星星。他用很轻的声音读出来，读完之后长舒了口气。我能感觉到他在紧张的同时，是希望分享的。他低着头，不敢面对现场的目光。有人被煤球的文字打动了，有人好奇，问他更多细节。煤球感觉自己被看懂了，因此，他决定继续写。在后面的几个月里，他写到十年前、刚来上海住群租房时被偷电脑的故事,在上海街头推销英语课程的同事,家乡的澡堂,中学班级里的古惑仔。煤球说,虽然表面上自己的生活没发生过变化,但他感受到另一种维度:工作日的中午,在外面吃午饭,他听旁边桌子的人打电话,想象对方的生活。似乎每一天中有很多可以写的东西。

写作俱乐部活动的时间是周三,我们开玩笑说这是"周中的周末"。一杯酒、一盘奶酪和火腿,大家上完三天班的心情能获得一些舒缓。每周都会有人把酒洒到木地板上,但我慢慢学会放下紧张,不那么在乎那些小事故。走进这里,就像在罗马的小巷,白天的社会身份会成为一种慢慢远离自己的记忆。经常会有新的面孔来参加,但他们不一定会自我介绍,会直接分享作品。哪怕每周都见面,有的人也会不清楚彼此的工作是什么。如果真的暴露了自己的正式职业,可能说完了会笑笑,仿佛说的不是自己,而是白天活着的一个人。脱离了社会身份的重担,人和人的相处变得更自然、简单、放松。

对我而言,写作俱乐部帮我恢复了一种失去已久的正常:和一群朋友聚在一起,有酒有美食,在信任的环境里将自己的内心生活和他人分享。我找到了自己在这座城市的位置:在一个客厅,给一些可爱的人倒酒,听他们讲一些自己的事情。此刻,所有关于未来的焦虑都消失了。和这片土地上的人交流,是我生活在这里的价值所在。办写作俱乐部,是我到中国以来感觉最像在家里的时候。这是我在后疫情时代,在新的城市,从零开始和陌生人一起重建的世界。

72号是我搬到上海的一个理由，但自从我们离得真的只有几公里，反而没有很频繁地见面。他公司的业务受到了打击，基本解散了，他和员工一样也忙着找新工作，想一些增加收入的方法。我们策划了一个少年足球训练营，在中山公园发传单，但报名的人太少，做不起来。他说服我一起办山姆超市的会员卡，平摊一下费用。我在瑞金二路开生日派对，他带来一瓶白葡萄酒。他在游泳馆给小朋友开潜水课程，我过去拍活动照。偶尔会收到他的消息说："Ale，你还好吗？最近需要什么吗？"我总是搞不懂他这个问题，仿佛我们讲的不是同一种母语。

经纪人也走出了我的生活。10月份她叫我去青岛拍几天的戏，但我一方面要每天去机构代课，另一方面觉得在上海有了自己的节奏，包括周三的写作俱乐部，不想因为随便一个活儿而打乱这种久违的生活秩序。当初让我想来上海的事情，一旦到了上海似乎不再那么重要了，仿佛已经起到了它的作用。就跟来中国一样，出发前的期待和后面遇到的现实之间的关系不一定大。吸引你和让你留在一个地方是两个不同的概念，而它们通常不会重叠。

在将近三年没回过意大利的情况下，上海给我的是物质上的熟悉感：不怎么起眼但货很齐全的禅林食品店离我的住处骑车只要几分钟，我能随时买到萨拉米、火腿，或者一瓶普罗赛克葡萄酒。整个城市的比萨店似乎比罗马的还多。我在厨房备着奶酪和各种草本植物。夜里12点53分，我还在择这他妈的罗勒叶，一张一张地摆得很整齐再冷冻。

一个人买了这么多罗勒叶，我开始上网找办法保存它们。有个美国女人在自己的博客上说，她那里的气候不允许一年四季种迷迭香，因此写了一篇关于怎么保存迷迭香的文章。在上海的深夜，我仔细地阅读了她的建议，再给未来的自己一个提醒：罗勒叶用完了是可以再买的。不过，这些实际的道理是无法说服我自己的。虽然不了解怎么用，我还买了一盒百里香。冰箱中看似多余的草本植物会营造一种家的感觉。在这一点上，我已经脱离了现实。我需要的不是草本植物，而是它们的氛围。我用实实在在的金钱去买感觉。也许只有当下的自己才会懂，一个没有罗勒叶的家有多么莫名其妙。

通过星期天早上的踢球圈子，我了解到一个在上海的AC米兰球迷会，他们叫我一起看球赛。由于时差，我这些年的球赛看得少，对米兰的热情也有些降低了。我不确定自己何时还能到现场用喉咙发出对球队的支持，远在上海和其他球迷约看球赛，大概是最接近的体验。

我定了一个深夜2点的闹钟，迅速穿衣服下楼，从瑞金二路打车到闵行——八公里，二十分钟，四十块钱。这成了我日常的一部分。深夜2点的上海倒是不堵车，但是到虹梅路需要经过十一个红绿灯。米兰的欧冠球赛是3点钟开始的，意大利的晚上9点。我在后座半睡半醒着,如果在哪个红绿灯等的时间比较长,就会睁开眼拿出手机,确认自己没迟到。凌晨2点56分,我下了车走进La Sosta。

这是一家仿佛没有意识到自己开在上海的意大利小饭馆。老板没有选择一个中国人会觉得有异国风情但意大利人会觉得很奇怪的名字。它不是"Forno"(烤箱)、"Bottega"(店铺),或者"La vita è bella"(美丽人生)。它是"La Sosta",休息。如果你不知道它的常客包括经过虹桥机场的各国飞行员,这个名字会让你觉得这家店是做三明治卖给高中生的。整个空间一下就暴露在眼前,这里没有什么追求。简单的小木桌,墙上几幅没花过太多心思选择的画,在我的记忆中,这种风格会跟无数个默默存在的小饭馆混在一起。中等的价格、中等的三明治、中等的咖啡,不过你还是会再来。

老板对休息区的感情有些淡了。消耗他热情的是那些客人的质问:"隔壁的兰州拉面只要二十块钱一碗,意面为什么要四十?""那你去隔壁啊!"老板感慨地说。

"要是自己买面,"客人又继续,"买肉酱,在家里做,花四十块钱能吃好几顿。"

"那你去买啊!"老板说。

还有那些预订了一份"那不勒斯晚餐"的客人。虽说菜单已经提前沟通好了,吃饭时客人又找老板问:"牛排啥时候上?""牛排?"老板无法理解,"那不勒斯吃什么牛排啊?"

照客人的意愿，老板做了一份牛排，哪怕跟那不勒斯菜半毛钱关系都没有。第二天，他还是收到了客人的差评。

比赛开始了。咖啡刚喝完，老板又上了一瓶威士忌。其实，是半瓶——那是老板一次不太如意的夜晚的遗迹。上周末，老板临时被朋友邀请到她的店里去。他的想象力走得比较快，以为那是意外出现的惊喜约会，就带着这瓶威士忌过去了。结果到店里才发现，还有朋友的好几个同事，并不是他设想的场面。威士忌被大家喝掉了一半，剩下的一半被老板带回去了。

也许这瓶威士忌就是不太吉利，因为米兰的对手波尔图刚进了球，一比零。四五个球迷的聚会，我们沉默地盯着电视机，无缘看到米兰的逆转。我们聊别的。有人成功回了趟意大利。怕得新冠回不来中国，他要求自己的朋友持阴性核酸证明来参加聚会。他们都配合了，但是一个在聚会上遇到的女生没做过，这使他犹豫不决、进退两难。比赛到了尾声，米兰还是没进球，大家的希望消散在空无一人的虹梅路。5点了，天还没亮，我们在休息区的门外分别。有人说晚安，虽然很快要上班了。我骑单车到地铁站等着首班车，上了车就睡觉了。我坐的是通过轻轨道的三号线。再醒过来的时候，我已经能看到天亮，也发现自己坐过站了。

我进一家老丰义吃早餐，气氛已经很热闹了。一个阿姨自带着锅，排着队，装好馄饨就走了。一个大爷在喝酒，他多倒了一杯想让朋友一起，但是朋友不是很愿意。等苏式汤包上来了的时候，一股浓浓的白酒味儿填满了整个饭堂，似乎带走了球赛的苦味。

执着于进球的前锋怎么都无法进，直到他放下心态，进球的机会才会到来。同样，当我几乎忘了拍戏的事情，一系列的拍摄就陆续出现在我面前。先是11月在上海拍的Vivo手机广告，拍摄比较顺利，客户当场约了我下周去广州再拍一个。我拿着被出租车司机怀疑是否还能用的破旧华为10 Plus，去当一款新手机广告的男主角。我连夜杀青，天亮赶回上海，一落地就有新的剧组找我拍华为的耳机广告，地点还是广州。几天之后，我又到虹桥机场，坐同样的航班飞到南方。机构的课只能临时停了，突然没事干的学生有些不开心。我也感到对不起他们，不过这下确实有大鱼需要炸。

前天晚上的写作俱乐部搞到比较晚，睡了几个小时的我早起去赶航班。到了虹桥机场的出发厅，我松了口气，感觉工作最难的地方已经过了。我和写作俱乐部的朋友们分享自己的行程，他们给我推荐足够在广州吃喝玩乐半年的餐厅。"下周见！"大家说。我发觉那才是我拍完广告真正要回的家。

12月的广州不用穿外套。室外的感觉很像国庆时的上海，或者9月的北京。这么一说，从北方的首都一路向南，似乎是可以穿越时空的。借着前一周的经验，我脑海中已经有那天要发生的事情的画面：在白云机场落地，粤康码，机场核酸，打车去公司（记得要发票），定妆，晚饭，酒店入住，到房间等通告。除了最后一点，我都做到了。晚上8点，通告还没出来，我在开着灯的房间里睡了过去。前台打来的电话把我叫醒了。"剧组说联系不上您。"前台说。

经纪人发了六条微信，打了两次电话，又微信拍一拍我。她要我的房间号、手机号和粤康码截图。第一条微信包含最关键的信息：凌晨4点半在房间做妆发，5点跟随服化车一起出发到现场。"你就4点起床刷牙洗脸，在房间等，"经纪人又说，"她们开始给你化妆时拍个照片，把自己拍进去，我好留证据。然后计时器打开。"

清晨，我们坐面包车离开广州到周边的乡下，剧组的人都在利用通勤时间补觉，只有我一个人醒着，有些兴奋。上了高速，我收到交警的早安："清远交警提醒您：安全带，生命带，前排后排都要带！不酒后驾驶，不疲劳驾驶，不占用应急车道。安全出行，平安回家。"一小时后，我们到了一个小村。车靠在路边，我们趁天还没亮吃了个早餐，有两种粉和热咖啡。

剧组给了我一辆自行车，要在堤上骑。广告的剧情，是我戴上了耳机，感到很幸福，接着骑车去海边。那辆车子还不错，跟平时在上海骑的哈啰单车比有明显的升级，我骑得很自在。剧组把对讲机塞进我的口袋里面，我骑车逐渐远离他们。周边的农村很安静，只有导演的声音断断续续地陪着我。

"蜿蜒蛇形，蜿蜒蛇形。你很幸福，想象你是准备去见你喜欢的女孩。想象你喜欢的女孩。别只往右边看。往左边看下。看天空。放松。放松。"

"刚才还行吗？"我回到了原位之后面对面问导演。

"很好。我们换机位。"导演在对剧组说话，但我又想跟她讲话。

"我来一会儿双手，一会儿单手，再放手怎么样？"我问。她说行。

我从没想过会有某天，在堤上骑自行车会成为我的工作。拍下一条的时候，我骑车时遇到一个过堤去上学的小男孩。他跟我说了点什么，但我的目光要跟着镜头，没法转身看他。在远处，我看到他表情疑惑地往前走，也许在想着我为什么忽略了他，又想着为什么要在雾蒙蒙的清晨笑着骑车，一会儿看左边，一会儿看右边，一会儿看天空。

"好的，好的，"我听到导演在对讲机里说，"现在回来。"

连续拍的三条广告使我安心，算是消除了短期内的经济烦恼。差不多也该过圣诞了。跟以前在北京不同，这次有人问我有什么过节的安排。我很疑惑：这是在过去的五年里从未考虑过的问题。复兴中路的小店铺在门口煮着热红酒。我联系我妈，借鉴她招牌的圣诞甜品，做好了带到写作俱乐部分享。平安夜，我在瑞金二路办了场接待十个朋友的聚会。我提前做了准备。机构的同事向我介绍进口商，让我以批发价格买到那不勒斯柠檬酒。我预订好威尼斯老乡在陕西南路上卖的意式点心。我自己来做饭，在给朋友们发的菜单上写着：紫叶菊苣核桃芝士千层面、圣诞香肠煮土豆、维罗纳黄金面包。在上海几个月，我也学会网红店的这一套了。

花园坊的春天

"你知道什么是今天吗？"

"不知道。"

"今天是明天。它已经发生了。"

——电影《土拨鼠之日》

朋友、工作、足球、写作俱乐部、记得不给我放香菜的面馆老板。生活再次如此地步入正轨。一切都正常，甚至有点太正常了，导致我想要试试刺激出一些变化。春节过后，我决定辞掉留学机构的工作，成为自由职业者。在前一阶段，我只做到前面两个字，也就是变得很闲。3月份，我才终于接单——负责一款类似《万国觉醒》的多文明题材游戏的意大利语版本。好听点，叫"做本土化"；直接点，叫翻译一万四千一百五十六个中文字。我成为拿着笔记本电脑到咖啡厅坐到打烊的那种顾客。有天早上我对着电脑做翻译，听到店员和某外国顾客之间的交流困难，就自然地介入他们的对话，在现实中延续我为世界当语言中介的命运。店员用咖啡来表示感激，给予我一天免费续杯的福利。游戏中，有很多用来解锁技能的盘问环节。想象远在意大利的玩家回答这些问题的画面，我有些哭笑不得："相声演员功夫中哪一种是第一基本功？现代汉语有几大方言？'琵琶'中的'琵'和'琶'最初指的是？"偶然间，我变身为游戏界的中华传统文化大使。

教课最累的地方是每天要讲很多话。我特别珍惜自由职业所带来的安静，它让我回归社会的观众席，欣赏日常工作间隙的小剧场。那天的演员是一个加拿大大叔，一个上海阿姨，以及他们二十多岁的金发女儿。他们坐着吃午饭，女儿一会儿和妈妈讲中文，一会儿和爸爸讲英文，问他们结婚前约会了多久。当父亲正在认真回答时，女儿的眼神跑偏了。她喊出一个中文名字。一个穿着黑皮夹克的发胶男生刚走进咖啡厅，他听到自己的名字立刻转过身，笑着向女儿的桌子走来。

"这是我之前合作过的导演。"女儿向妈妈交代。

"哎呀，这么年轻就当导演。"阿姨说。

"哎呀，阿姨，我不年轻了，"男生说，"我 96 年的。"

男生坐下来聊，顺口提到自己是上戏表演系毕业的，现在在国家单位。阿姨满脸欣慰，叫他有空去他们家玩。女儿笑出来，也许笑得比设想的要明显。"你笑什么呀？"阿姨说完站起来，说他们准备走了。女儿也跟着站起来。"你们聊一聊吧。"阿姨说。女儿不作回答，笑着坐下来。买单回来的父亲不太懂自己刚错过了什么，就问女儿："不跟我们走吗？"女儿说不走，而父亲坚持问她的车要怎么办，女儿糊弄一下就不理他了。阿姨已经没有在听，她挽着老公的胳膊带他一起走出咖啡厅，不再回头。一场即兴的相亲开始了。

怪我自己嫌弃了过度平淡的生活，没多久，事情就有了反转。我在出租车上咳嗽，司机问："去过浦东和嘉定吗？"我笑着说没有，只是最近受凉了。但是司机并不觉得幽默——看了一眼导航，本就戴着口罩的他还是决定再多戴上一个。司机将紧张的心态埋在了双层的黑色口罩之下，默默地往前开。坐在咖啡厅，从隔壁桌听到的话变成了"你知道有多少人排队吗？"。窗外是开着警报器的救护车，微信群里是朋友发来的坏消息。3月13日，我们准备办写作俱乐部，有人因此无法参加。

"[苦涩]这两天我也出不来了，祝大家愉快。"

"我们小区也开始了[苦涩]今天也出不来了，好遗憾，希望快过去，下次有机会再一起玩儿。"

这样的命运像远方的乌云，逐渐地、持续地靠近。从咖啡厅到微信群，从微信群到朋友圈，最终到自己身上，只不过是几天的事情。月中的周末，我所居住的花园坊小区也开始了。已经下起了雨，不过我坚持不打伞。朋友劝我囤货，我不想听。两年前在学校的阴影再次露出水面。危机时刻，我选择去约会。我坐在永康路的咖啡厅办公，时不时地发呆，望着街上的人流，等着 Sylvia 的出现。我们在 Tinder 上聊了几天，她看了我写的东西，说我让她想起《我的天才女友》里的尼诺。我不太确定这是不是好事。

Sylvia 赶上了互联网行业的黄金时代。毕业后那些年，她在北上广三地各大厂工作过，攒下了积蓄。最近一年多，她辞职了，在国内和朋友到处玩的同时，做去国外读研的计划。她直接活成了两个网络热词：现在躺平，未来要润。

差不多忙完了，我有点饿了，但 Sylvia 还没到。她改主意了，不想见面了吗？来都来了，我决定发消息再问她一句。

"有点晚了，要不直接去吃一顿日料？"

"好，我走在你后面。"她秒回。

我以为"走在你后面"等于"你先过去，我过会再到"。走出咖啡厅，过了个马路，才发现那是字面意思。真的有人走在我的后面。

"Sylvia？"我停下脚步问。

"对啊。"她说，像理所应当。原来，她在咖啡厅坐了一下午，远距离等待着。她在 Tinder 上的照片没那么清晰，我就没对上人和脸。她生活中更好看。

我们点了烤串，聊过去和未来。2014 年的夏天，我们都在罗马。我在那边上大学，Sylvia 在坐火车环游欧洲。她录了一段街头艺人演唱的视频。我认出了那个小广场。要是再走几百米，我们会在 Suddenly Every Wednesday 的小酒馆提早八年相见。一直到现在,我和 Sylvia 仿佛坐在了同一趟车的两个车厢。

正因为想法相似,我们要走相反的方向:Sylvia 想去欧洲看世界,我是为了看世界才离开了欧洲。比起说是第一次见面,更像是已经在告别。既然从最开始便知道会走不同的路,在不同的地方过不同的生活,我们的关系比较轻松。我们尊重彼此的人生选择,并珍惜能够在当下相处的机会。

3月27日到4月5日,周围变得安静。我和 Sylvia 都住在浦西,离得很近,大概就在环贸 iapm 商场的两边。27日那天晚上,Sylvia 原本准备来我家看电影。投影仪已经开了,我收到 Sylvia 的消息:她进不来。我穿着短裤和拖鞋下楼。

Sylvia 站在小区门口,保安不让她进小区。我一看保安坚定的态度就觉得没戏了,但 Sylvia 坚持辩论。"叔叔,"她拿出来手机说,"发个红包行吗?"保安跟被骂了祖宗十八代一样愤怒:"怎么可能?不可能!"直接扭头回到保安亭。谈判的余地为零,我和 Sylvia 交换无奈的眼神。

"出去散步,怎么样?"她打破沉默。我低头看着自己的拖鞋,又想着家里没关门。但这不是计较细节的时候。

"行。"我说,穿过半开的铁门走出花园坊。

上海很宁静。我们结合微信群里看到的消息分析,路上为数不多的车辆在飞速去浦东,到公司拿电脑和文件,带回浦西办公。我们走到 Sylvia 的小区,成功走进第一个铁门。但是到了公寓楼的门口,我们又被叫停了。像在游戏过不了关卡的时候,我们再次被送回原地:外面的路。

在环贸附近的便利店,我们买了烧酒,坐在路边的小公园。长椅几乎都被占满了——有穿着外卖骑手服的男生,也有看起来是常来这里住的。晚上 10 点,他们有的已经睡了。我和 Sylvia 找了个没有住客的长椅,小声闲聊。从未如此冷清的淮海中路,这似乎是最不适合约会的夜晚。

那也是最后一次。花园坊的铁门一关上,像一台相机的快门声,把前一秒还存在的城市永久地送给了历史。

- 前天早上我看见一个外国人爬 1200 弄铁门出去了。

- 人疯了 [捂脸]

- 谁!!??

- 不知是咱院的吗,男,五十岁左右,高个,形瘦。

- 不知道呀,这个现在还出去?!啥情况

- 拿着公文包,上班。翻铁门前还和我说了声你好。

- 上班 [破涕为笑]

- 这种公开读检讨啊要

- 那就不要让他进来了

- 现在还上班?现在不能进出的呀

-110 门口堵他

- 不一定是咱院的,弄堂里也有外国人租住。咱院 6 号楼104不是外国人吧？刚才敲门没人应（有快递）。

- 不清楚，没见到过［捂脸］
- 6号楼104不认识，我们意大利人在103
- 噢，这两天您先生没出门吧，一定要注意防护噢。
- 我们前天出了门，从那个时候就没出去过。放心我们不会出去，会多注意
- 大多数外国人进出都不戴口罩
- 就是，要和中国公民一样遵纪守法［大哭］
- 我们去过意大利，一个美丽的地方，罗马的古迹，各时期的建筑，艺术绘画，雕刻艺术品，五彩渔村，手工皮具（我买了个皮夹，质量，款式超棒）。美丽的国度，善良的人们。给我留下了深刻的印象。［玫瑰花］［玫瑰花］［玫瑰花］

在欧洲，咖啡，意大利的最好，香醇浓郁，回味无穷。红酒，法国的挺好。味纯。啤酒，德国的［点赞］每个小镇都有各自的品牌，真正的品尝，喝多少都不上头。皮制品（包，皮鞋等）意大利的手工好，欧洲中世纪以皮具见长（护甲，马鞍等），德国的电器，铁制品（锅）质量好，但锅不适合中餐，不能火烧，用电磁［点赞］［点赞］［点赞］，捷克，玻璃制品很棒，西班牙的建筑也很［点赞］，高迪不愧为建筑大师。葡萄牙的海鲜做得好吃。意大利面

在当地做得极好,除了意大利,任何地方都做不出来。

大家有机会去领略一下欧洲风情吧,真的很值得去。

喜欢音乐的,在意大利随便一个地方都能触发灵感,街头艺人水平都很高,连我这谱盲都会被感染,维也纳真的是音乐的天堂,连教堂乐队都能奏出美妙、宏大的效果。

服装质量埃及的最好,世界棉花质量埃及最好,我国新疆第二,我在埃及买了几件T恤,全棉,体感真的很[点赞]

Sylvia 的小区在几公里外,她经常和我分享这种日常小趣事。我们每天在微信上联系,对于现状尽量保持信息同步——官方通报、国内外新闻、微博帖子、聊天记录式的小道消息,一块一块地试图还原一幅拼不完的拼图,努力破解明天的模样。她闪送给我一包茶叶,我闪送给她两瓶葡萄酒。

认识几个星期,见了几次面,我和 Sylvia 突然掉入同样的沉重。我们的交流不再是普通约会对象相互了解的过程,而是带有保证双方精神不崩溃的使命。面对着使内心难以承受的社会事件,需要的是能够和你一起痛苦的人。那两个月,物理上仅隔着几分钟的车程,我们成为彼此的精神陪伴。

有天早上,要给居民发的菜包已经到了 Sylvia 的小区里,却没人去分,一堆菜包摆在地上晒太阳。小区群里,有居民发了一张意味深长的照片：站在阳台、默默地望着楼下的菜包的邻居叔叔。发完照片还附一句："望眼欲穿。"紧接着，有邻居多次表示需要保持信心。其他邻居回答："相信哈，但是也相信菜会烂掉的。"Sylvia说，小区群从来没那么精彩过。"我感觉我老了还在这里，"Sylvia说，"就会变成讲话阴阳怪气的老太太。"

有时候，到了晚上还没有人发过消息，是两个人都需要一些解脱的信号。我们既知道关注现实对自己重要，又意识到它一帖一帖地在消耗我们。深夜打电话，听Sylvia的声音，发现她情绪到了极限，我会建议她减少刷朋友圈和微博的时间，尽量做点别的。但其实，我自己都做不到。整个4月份，我完全无法工作。我唯一的活动是努力关注自己身边发生的一切。一天会如此展开：早上下楼排队；吃完早餐，坐在阳台煮咖啡；打开电脑，放音乐，查看来自微信好友和群的消息，筛选最感兴趣的文章；阅读，找Sylvia吐槽，饿了做饭；无限重复以上的日常。光这些已经可以填满一天的时间。线上的其他活动不太吸引我。朋友好心送我的瑜伽试课券静静地过期了。一直待在家，我们分不了心。

最早，我还抱着一种镇定，甚至乐观的态度。当时，我家里有一大桶水，没有菜，但是有大米，还有冷冻的几大块肉——是前几个月和72号一起办山姆会员时买的，买完就没用。如此冲动的消费竟然成了我的安全网，也给了我不参加那些每分钟更新几十条消息的团购群的奢侈的底气。

那天,一个名字叫"花园坊(english speakers)"的微信群出现在我的屏幕上。我的第一反应是不屑,甚至反感。我不需要这种群。我不想被当作小朋友,听人用英语跟我讲小区的事情。来中国有五年了,我不属于哪个用来做基础交流的群:拉我进来是一个无害却依然错误的定位。一些英语好的中国女生在群里问大家的需求,但我知道她们能有的办法和我们是一样的。"这不是翻译的问题,"群里有其他外国人说,"只是求食物的人多,实际能下单的却很少。你参加了一个团购,然后团购失败了。或者你是第三十一个人,而团购只接受三十个。"群主发来精品超市高价套餐的链接——四百五十元,能喝到意大利气泡水;八百九十八元,能吃到进口巧克力棒和有机鸡蛋。我觉得简直是在侮辱智商,饿了也不打算上当。

群倒是有起到作用——让我发现还有哪些在花园坊住的外国人。群里有二十几个人,大家都比较沉默。第一次气氛活跃,是当一个不吃肉的邻居提出想要分享自己家里的一整只鸡,大家都真心地发出感谢。"大家好!"其他邻居说,"如果谁手里有食用油,愿意换别的东西,像鸡蛋、卫生纸,可以私信我。"这个群确实改变不了世界。不过,在失序的生活中,小社群的存在给每个人带来某种更坚固的依靠。不管是用来发泄无力感或不解,表示无奈或迷茫,或只是为了求食用油,它说的是:在花园坊,你不是一座孤岛。

可是由于起晚了，我还是错过了买鸡蛋的时机。一个有渠道的花园坊居民买到不少菜，一大早在小区群里转卖给大家。一盒鸡蛋的价格相当平民，六十元三十个。我9点多醒来才看到群消息，跑到84号楼的门口，敲敲门，却全部卖完了。群里的一个和我同名的意大利男人说他买到了，叫我到66号楼找他。

"我可以给你八个。"意大利邻居说。

"确定吗？你够不够用？"

邻居什么都没说，直接将装着八个鸡蛋的纸盒递给我。

"那谢谢你，grazie①。我转给你多少？"

邻居又是不出声，只摇摇头。我猜可能不是很想讲意大利语。这样拿着东西走，我觉得不太对。"你需不需要别的？咖啡？"我追问他。他这次抬头，似乎表示出兴趣。

"我有拉瓦萨的。"我说。邻居点了两次头。这应该算是沟通成功了。

价值六十块钱的拉瓦萨咖啡，换来了八个鸡蛋，确实不是一笔好生意。但是有一种当了好邻居的感觉。还有，在突如其来的、陌生的生活中，给邻居分点咖啡增加了一些熟悉的场景，恢复了我怀念的日常的一部分。

在往回走的路上，有人在群里艾特我。"鸡蛋你还需要

---

① 意大利语，意为谢谢。

吗？"爱尔兰邻居说，"我应该可以给你六个。"我平时不怎么买鸡蛋。但是，突然可以依靠十四个鸡蛋，心里居然比较踏实。我拎着鸡蛋经过小区——在弄堂闲聊的阿姨集体朝我走来的方向转过头。阿姨们光盯着我，或者说是盯着我手里的鸡蛋，惊讶到几乎说不出话。感受到她们的反应，我向阿姨们微笑。"多少钱买的呀？"其中一个阿姨终于打破沉默说。我如实回答。获得了最关键的信息，她们对我不再感兴趣，继续聊自己的：家里有没有买到鸡蛋，以及花多少钱买的。

群里，大家也在讨论鸡蛋。"今天早上有个阿姨想拿三十个鸡蛋卖一百块钱，"香港邻居说，"I was like……"他没有继续说他当时是 like 什么，不过可以猜到是从惊讶到无语到愤怒。"我这里有十四个，"4 号楼的加州邻居卡雅说，"我比较担心。"

"鸡蛋可以吃好久，"我回她说，"好像四十五天。"

"不是怕坏掉，是怕我很快会吃完。"卡雅说。显然我们使用鸡蛋的频率不太一样。

"我们这里有七十五个。"其他邻居说。

"好的，"卡雅说，"知道周围有鸡蛋，感觉好多了。"

和花园坊的大部分外国人一样，卡雅是一名英语老师。早上卡雅在上课的时候，志愿者总是来到她家门口，大力地敲响她的铁门，催她下楼。卡雅每次都说等下了课会去，但志愿者第二天还是会重演令她心烦的情景。她站在各类团购的前线：蔬菜、肉类、豆制品，卡雅应买尽买。作为一个曾经用周末时间来经营自己的外卖生意的人，卡雅很了解上海的餐饮行业。她发现，部分无法正常营业的餐厅正在急着出售必然会烂掉的原食材，想办法减轻巨大的损失。物流通了，供应商不再要求满起订量，自己下单就可以了。经过一次又一次配送，卡雅的冰箱满了。

　　我们开始合作。在她那里放不下的食材，她拿给我，我的冰箱有的是空间。做饭前，卡雅发消息说需要哪些食材，我下楼带给她。饭好了，她分给我和其他邻居。我蹭学校给她发的大礼包，家里多了自热锅和巧克力零食。她的厨房有老鼠时，会来我家避难，我去她那里抓老鼠。她用工资买萨拉米和奶酪，我用仪式感帮她摆盘。一来二去，我们顺利形成默契。老小区的结构意味着我们可以下楼，在弄堂走动，偶尔串串门。我们坐在阳台，聊起花园坊的铁门外的世界：她的前女友、来中国之前的生活、对未来的期待。这是一段既有深度又很现实的友情。4月23日，我给她发的生日祝福的最后一段是："虽然身在并不理想的情况下，但是认识你、当你的邻居是让我很幸福的事情。肋骨已经解冻了，现在在冰箱里面。"

　　我能为花园坊贡献的是葡萄酒。我试探性地询问熟悉的进口商，他们的仓库和办公室有酒，但封起来了。更难的是需要通行证。协商的结果是，订单需要满五千元，他们才愿意冒一次险，去仓库偷偷把酒拿出来，委托别人去送货。任务大，但需求也大。通过专门建的"Good good drink"微信群，花园坊联合隔壁两个小区野花园和复兴坊,迅速达到起订量。第二天,配送员开着面包车停在小区门口,一箱一箱地卸货——灰皮诺四十瓶,赤霞珠十五瓶,普罗赛克十五瓶,霞多丽四瓶,柠檬酒两瓶,蒙特内罗、阿玛卓利口酒各一瓶,总计五千零八十九元。

雨夜中,我拿着酒箱挨家挨户送。在花园坊的团友中,一个女生无法下楼拿东西,我顺便帮着取她买的牛奶,和酒一起放在门外。三个小区曾经是互通的,可是中间的铁门现在都被锁了。人不通,货却通:走到花园坊和复兴坊的交接点,我通过铁门下狭窄的间隙成功地把酒一瓶一瓶递过去。我们无法看到彼此的脸,复兴坊的人在对面接,说句感谢就赶紧跑回家。通往野花园的铁门中有一处之前被用来喂猫的圆洞,刚好放得下一瓶酒。酒送完了,淋了雨的手机失灵了。群里的朋友建议我用吹风机把手机吹干,我试过后还真管用。大家陆陆续续地开瓶,将自己的酒杯和宠物和伴侣的合照发到群里,并说好以后聚一聚。那天,以规范团购为目的,社区发了一份《必需品清单》。基于我难以理解的标准,水果是被允许购买的货品,但仅限于苹果和橘子。

忙着解决生活上最紧迫的需求,4月份过得比较快。但进入第二个月,随之而来的是厌战情绪的加重。仿佛活在《土拨鼠之日》或《楚门的世界》,一天一天之间仿佛没有区别,也看不到头。我想到有朋友的伴侣住进了精神医院。在家,她整晚对看不见的人尖叫,并威胁要跳楼。一大早,朋友把她带到上海精神卫生中心，但床位都满了。回家有自杀的风险，只好带她去国际医院住，三天花了九万。国际医院终于空出一个床位，她在那里仍处于偏执妄想的状态，朋友通过微信众筹，分摊国际医院的巨额开支。

很多人在离开或计划离开。做 YouTube 博主的意大利朋友住在浦东，计划搬到东南亚。做电影的同学准备考托福，去美国读研。亭子间的邻居拖着行李走去虹桥，回了老家。香港邻居要飞泰国了。远近好友不约而同地发微信，问我怎么还没走。Sylvia 出国的时间也临近，却因不能出门而耽误了手续的进度。她护照过期了，需要办新的，但负责相关业务的机构跟着整个城市一起停摆了。网上流传的帖子更是放大了 Sylvia 的焦虑。她边研究签发护照的政策，边问我考不考虑假结婚。在意大利的高中同学发消息说："快点回来吧，这下米兰可能真的要拿冠军了。"

确实如此。2022 年 5 月 22 日，时隔十一年，AC 米兰再次夺得意大利足球甲级联赛的冠军。上次是 2011 年 5 月 7 日。我那时在上高中，坐了五百公里的大巴到罗马的奥林匹克体育场，看了一场无聊又决定性的零比零。我当时忙着躲开罗马球迷向我们扔的玻璃啤酒瓶，没想到下一次米兰夺冠，我只会在上海的一个阳台从远处给球队敬一杯。

"二楼！下来做核酸了！"

"什么?"

"下来做核酸!只差你们几个呢!"

"好!我在洗澡!"

"快下来!"

"好!马上!"

我在花园坊住的半年里,跟楼下老秦夫妇的关系总有些距离,比较客气。虽然住同一栋楼,我们仿佛过着平行的生活:我上午准备煮咖啡的时候,他们开始做午饭。唯一一次真正的交流是10月底的一个周末。我准备出门却找不到钥匙,便在脑中快速盘点了一下家里的东西,好像没什么值钱的,不关门也行。我拿了个还没开封的快递包裹挡在门口,直接走了。钥匙回来再慢慢找。但楼底下的门还是一个问题。我出去的这段时间,肯定会有人把门关了。周六晚上,要是深更半夜敲大门,的确不是维持邻里关系的好策略。我决定在外面睡一晚,第二天一早再回家。

上海老房子的居民们在楼梯间共享炉灶。我回到楼门口的时候,就从窗口看到秦先生正在煮四个蛋。他一看到我就开了门。我解释了我的身份,并且表明发生了什么。"You forgot the keys." 秦先生微笑着用英语重复了我刚说的话。我不太喜欢别人主动将对话的语言从中文改成英文,似乎是在否定你的沟通能力。但那次,惊喜大于自尊,我感受到秦先生的亲切。我谢谢他后就上楼了。在之后的几个月,我出门时也只是和他礼貌地点点头，说声"早"，没有更复杂的交流。直到现在。

秦家住 11 号楼的底楼，我和另外两个男生住在二楼，三楼住了一家四口。每次例行公事，我们都等九个人在楼下齐了，再像一帮小学生一样一起前往。4 月初的一天，我下楼时感觉更加烦躁，秦先生却带着笑容安慰我："最后一次了，如果没问题，明天就放出来了。"我无法被说服。秦先生不可能知道，没有人知道。但他轻松乐观的态度让我感到一些安慰。我努力尝试让自己相信他的话。

秦先生是 30 后。他在新中国成立之前上过中学，那是法国人办的学校。他会讲英语、法语、俄语。他还说，可惜不能用意大利语和我交流。1929 年建设的花园坊——秦先生在这里出生，直到今天。以前，11 号楼整栋都归他家。后来，这种独栋住宅被分成了几户，就变得挤了点。在九十年的人生里，他该见的都见过，不该见的也见过，难道能被一波疫情所困扰吗？我越是这样想，就越能理解他的坦然。

这段时间，老秦夫妇的日常还是保持着跟平时差不多的状态。秦先生在家中切菜，余太太坐在门外跟邻居们闲聊。我在阳台俯瞰着弄堂工作时，这就是我的白噪音。他们聊天用的是上海话夹杂着普通话，我大概只能听懂一半。虽然我们小区有的是微信群，但是重要的通知还是通过余太太传到我们这里：二三楼的住户要下楼的时候，全靠她的叫声。如果需要，她甚至会上楼到各户敲门。

此前，我隔壁的亭子间里住了三个男生，他们白天睡觉，晚上出去做代驾，戴着头盔，骑着折叠自行车，到烧烤店和KTV的门口接单。排队时闲聊，我才得知他们其中一个前段时间回了趟老家。运气使然，他因此留在了城外。借用余太太的叫法，现在只剩下了"两个小朋友"，狭小的亭子间倒稍微宽敞了些。为了分享一顿肯德基，我跟亭子间的一个住户加了微信，看到他发的一条朋友圈："当初为了不吃泡面来的上海，现在泡面都要没得吃了。"

亭子间没有厨房，他们以前都是叫外卖或出去吃。余太太多次关心他们吃饭的问题，说他们可以把居委送的菜给她，她帮他们烧好。据我的观察，邻居俩从来没有真的这么做过。他们只是把菜洗一下，生着吃。后来，余太太给了他们一个电饭锅。一天夜里，亭子间的邻居来敲我家的门，喝得有点多的样子，想借点油。他再敲门时，递给我一包大米，只说了四个字："国家送的。"

这天早上，听到余太太喊我时，我洗澡刚洗到一半。我快速洗完，穿了衣服下了楼。走到时发现已经没人排队。工作人员正在收拾东西准备走，叫我快点。回到11号楼时，我碰见正在烧午饭的秦先生。他跟我打招呼，又说："今天我们去看病了。"我本来准备上楼，意识到这是对我说的话，就停下脚步，再次转身。"所以我们没能叫你们下来。"秦先生继续说。

虽然弄堂里整天都能听到喇叭声，但广播里叫到的楼栋实在太多了,很容易听漏自己的门牌号。所以在11号楼,我们只听余太太的叫声,其他的一概不听。那天清晨核酸开始的时候,秦家夫妇已经在医院了,所以我就没下楼。

"去配点药,是需要出门条的。"秦先生说,似乎那些烦琐的程序才是重点,而不是他的身体。最近,我明显察觉到秦先生整个人都变得更衰弱了。

"您身体,还好吗?"我小心翼翼地问。我几乎把问题分成两半,尽量推迟说完问题的时间,这样就不用太快听到回答。

"马马虎虎。"秦先生背对着我说。他用他以往的语气,不过这次,他表现的热情似乎是在掩盖心理上的担忧。

我意识到这段时间带来了怎样的改变:从在淋浴房回应余太太的命令,又跟秦先生认真地确认了他的身体状况,我们之间的距离已经消失了。这是我第一次不考虑要对他们表现得客气一点,而是直接说事情。就像在家里和爸妈讲话,不会想太多,因为知道后面还会有无数次、出于各种原因需要讲话的机会。每次交流的气氛因此变得更平淡。借着惯性,它成为生活。

"蟑螂出来了没?"余太太兴奋地问我。前几天,她送了我一小包蟑螂粉,即使我们以前从未聊到过这个话题,我也始终没对她暗示过家里有蟑螂问题。

"哦,"我说,一下子没反应过来余太太在说什么,"出来了!"

"唉你看,这个药很好用,"余太太自豪地说,"放一点点,可以用好几年。"

"是啊,"我边上楼边说,"很有效呢!"

回到家中,换完拖鞋,我的目光落到柜子上那包还没有打开的蟑螂粉。

流动中的人

风雨过后不一定有美好的天空，不是天晴就会有彩虹。

——王菲，《人间》

第一个重启的早上，街上很忙碌：有骑电动车送外卖的，有走路去上班的，有开出租的。城市的机器似乎一下就启动起来了。过马路时，我尝试找回之前的惯性，却难以找到。我在写作俱乐部的群里问大家应该怎么形容这种感觉。收到的答案是："不复出焉，遂与外人间隔。问今是何世，乃不知有汉，无论魏晋。"

6月上旬，我几乎天天待在滨江，就像上下班，临走前会告诉大家："我今天早点回去，明天还有个野餐。"有时只是约一两个朋友，到了再遇到其他熟人，不同的圈子自然合并起来。在那第一个夜晚，人们压根不会在意认不认识，都是手拉着手，在草坪上唱歌跳舞。酒让我们忘记，酒让我们记得。

我和Sylvia再也没见过面。我要去北京续签证，她要回广东准备出国。和卡雅以及花园坊其他邻居的关系也是一样的——偶尔会在微信上聊彼此的近况，但不会像以前那样迫不及待地聚在一起。现在，大家都有更好的事情做：骑电动车吹夏风，去见许久没见过的恋人，推进各种停滞了两个月的人生计划。我对此并不感到失望。我们当了一个春天的朋友，之后继续生活。

在滨江参加朋友的生日野餐时，我认识了小e。坐在草坪上吃着比萨，我听小e说，她准备回安徽老家。不是要干吗，只是需要离开上海一段时间。我发觉，自己有一样的想法，只不过我在安徽没有老家。我们决定一起去。离开有一定的阻碍，去哪里都会面临不同时长和价格。现实时刻在变动，动身前充满着不确定性，有一种将自己的命运交出去的感觉。小e坐在高铁上，仿佛踏上了自杀的路。不过要想去北京，要想去其他地方接活，这也是唯一的路。

到了凤阳，我们进入运转中的机器：下了高铁登记出站，统一坐大巴。车开到高速出口处的服务站，全体乘客下车，在停车场原地待命。像世界末日即将到来，已经没有什么可以做的了，只能接受最后的审判。人们有序地排队，挨个走到工作人员面前，等待一个结果。你在此彻底失去对自己生活的掌控。伴随着恐惧的，是一种由于如此被动的情景而形成的坦然。就像欧冠决赛的点球大战，紧张让位给疲惫，你只是想知道老天的安排罢了。

我们那天交了好运，获得最短时间的待遇。可以离开住处，只是不能坐公共交通，不能去像商场那样人多的地方。我和小e在家看电影，出门到河边散步，逛逛小县城。我从上海带来了一瓶白酒和一条丝巾，当作送给小e父母的礼物，对于在关键时刻接待我表示发自内心的感激。阿姨对凤阳的安全显得很骄傲，并丝毫不隐瞒对隔壁大上海的遭遇的得意。叔叔热衷于指责远方的美国、歌颂当地的白酒——曾获洪武帝喜爱的龙兴御液。

在凤阳的夜，我们路过一家烧烤。坐在室外抽烟的常客看到我就兴奋起来，叫我们一起坐。对外国人的好奇心让他们克服了恐惧。老板娘是一个乌克兰女生，但是她话不太多，因此大家期望的外国人之间的相遇停留在尬聊的环节。我吃了桌上所有的菜，直到所有人开始笑，因为成功地让我吃到了牛鞭。

"你觉得国外跟这里有什么不一样？"老板认真地问我，他是一个三十多岁的当地人。我总是不懂要从哪里开始回答如此庞大的问题。想来想去，他替我回答了。

"这里安全啊！"老板说，"你看，现在都凌晨了，还可以安心地在外面吃烧烤。你在国外哪敢这样啊？"但是，另一个烧烤摊的新闻才过去十多天。

一名警察喝得聊得极其开心，多次找我自拍。第二天，我上了凤阳的抖音。小e的母亲发现后，强烈建议我接下来保持低调。

七天后，我在凤阳算是自由人了，但去北京的计划仍难以实现。我决定和小e分别，到阜阳度过后七天。我住在火车站旁边的招待所。按理来讲，这是那种外国人无法入住的便宜住宿。但是，站在火车站对面，一个个子很矮的阿姨路过，没和我对视就嘀咕："住宿，需要住宿吗。"我确实需要，又不赶时间，因此决定碰碰运气。我跟着阿姨走进某个小区，上了二楼，进了招待所。付了三十块，我拿到了单人间的钥匙。房间没有窗户，没有空调，有电风扇、电视机和凉席。我才刚躺下，阿姨就来敲门，要我的身份证。阿姨年纪比较大，没反应过来我是外国人。我给她看护照，她却不懂怎么登记，便带我一起到前台，拿了招待所的住客登记本，直接让我用笔填个人信息。

　　7月的夏夜，阜阳人沿着公园走饭后的三千步。比较意外的是，在人行道上出现了一排一排的按摩床，床和床之间的距离比较小，一直延伸到你能看到的地方。等待客人的技师坐在凳子上刷抖音，手写的价格表摆在地上。走完了三千步，当地人也许会遇到一百张这样的折叠床。玲玲是其中一名技师，大概四十多岁。跟同行一样，她下班后会来这里夜间营业。这是他们这行对于收入降低的解决办法：降价，加班。玲玲说，这三年让大家在开支上变得没有那么随意了。像按摩这样的次要消费被放在可要可不要的名单上。白天，玲玲的按摩店里非常安静。她和其他技师只能想办法：上街摆床。因为没有经营一家店的成本，在玲玲的路边摊按摩半小时只要二十块。虽然那意味着降低利润并延长工作时间,但目前是最接近双赢的方案——技师又迎来了顾客,阜阳人也不用放弃推拿的习惯。玲玲以前在上海打工,给一家电影公司做饭,离瑞金二路不远。她后来跟着丈夫回了老家,才做起了技师。我趴在人行道上的折叠床上,闭着眼睛听周边的人声嘈杂,有一种私人和公共交叉的感觉,仿佛自己的生活被放在了电视上给别人看。我和玲玲一样,随着人生的波动最终到了这里。

我在阜阳找不到普通单车,每天扫个共享助力车,从火车站骑五六公里到市区找咖啡厅。天热、路宽、车多——戴上头盔,我就是阜阳早高峰当中的小蚂蚁。在这个三线城市,大家都去上班,自由职业者和大学生不多,白天的咖啡厅空空的。接近中午,冒牌连锁咖啡厅会成为一些商务男谈工作的场所。非常难找但值得一去的,是年轻咖啡爱好者开在小区内的店铺。地方小,不过舒适、干净。店里空调比较足,音乐是老板的歌单。咖啡机是意大利的,咖啡豆有好几个国家的。网络顺畅,插座近。你忙你的,老板忙他的,这样过完一天。不知道全国这样的老板是否建立了联盟,保持联系,互相打气。我认为他们称得上咖啡国驻三线的大使。

宁静的日常又起波澜,小e母亲的得意来得过早。我爸留意着新华社的意大利语讯息,及时和我沟通,怕我被困在当地。离去北京还有两天。阜阳暂时安全。闷热的夜,我躺在火车站招待所里睡不着,用电脑放着《沉默的真相》。仿佛为了配合悬疑剧情,外面下起大雨。我下楼买了听啤酒,希望阜阳能再坚持两天。

我大晚上在阜阳火车站等候,坐上到北京的绿皮车。要到早上8点多,经过一夜的路,那颗亮了十四天的星才终于熄灭。我顺利进入首都,住在东四二条的一家青旅。我本来打算迅速办签证,一周后回上海,不过过程比我预想的慢,只好在京城多待一阵子。

偶然的一次短居,竟成了我在北京玩得最好的一个月。我在青旅的八人间认识了一个刚做外卖骑手两天的男生,他一早醒来用英文对我说"I don't want to work";一个喜欢听宋冬野,来北京却发现安和桥塌了的女孩;还有和我一样等待签证的南非人。我成为一个胡同居民,晚上去以青年文化为标志的精酿啤酒馆"跳海",参加夸夸活动夸一个自称美人鱼的陌生人,还认识了我曾经用来练中文的播客《故事FM》的创始人寇爱哲。沾和跳海老板是熟人的朋友的光,我们享受着特殊待遇,在跳海正式开业之前独享天台,点烧烤,从日落聊到深夜,用一把带星空图案的雨伞望星星。为了让我体验更多的鼓楼特色,朋友带我在深夜1点去市第六医院,排了四十分钟的队,之后去吃夜宵。

我似乎返回了宇宙的中心,来汇报自己的经历。上海是大家关注的话题。坐在胡同的露台,我无法否认有某种回家了的感觉。原来，我在花园坊抓卡雅家的老鼠的时候，首都的人都从远处望着，试图理解。他们毕竟只知道一些大概，我补充的细节对他们来说都非常新鲜。2022年，我将一千公里外的遭遇口头传递到首都，当一名最原始的记者。

三年没见，我第一次和朋友团聚。YJ从韩国回来了。我们约了晚上6点半在三里屯见面。28分时，我透过Gung Ho比萨的玻璃窗向店内一瞥，发现他已经到了。YJ的目光似乎在空中走失了，暂时也不打算回到人间。在桌子上，一杯喝到一半的啤酒像是他最好的朋友。这个画面有种很私人的氛围，进到店里面找他甚至像是一种冒犯。

他见我的第一眼也不算特别兴奋。本以为前几分钟会有数不清的话题要聊，什么共同朋友，以前在学校的事情，他什么时候回了北京。但是相反，我们很快就陷入沉默，拿起菜单开始聊要点什么比萨。"现在到处都是黑松露呢。"YJ翻着菜单说。这不像是什么对黑松露的好评价。我们点了两个比萨，一个辣的，一个不辣的，都不带黑松露。在不辣的比萨上，YJ大气地放着辣椒油。

原本，YJ的全家都在北京生活、工作、学习。不过最近，除了YJ之外，他的爸爸妈妈和两个妹妹都准备回韩国了。过几天，YJ即将在顺义的一套八十多平方米的房子里开始独居。"是我告诉他们，你们走吧，"YJ说，这次他回到了点菜时的严肃表情,"两个妹妹高中毕业了,妈妈不用盯着她们了。现在的情况也不适合两个女孩留下来。我和我爸留下一个就行。"

YJ讲的是高语境的话。我其实有很多问题:为什么现在的情况不适合两个女孩?为什么他和他爸留下一个就行?但是YJ喜欢讲话讲得模糊一点,求一个解释会破坏他在我们之间所感到的默契。吃完比萨,我们走到地铁站,YJ提出买两份臭豆腐,加辣。我努力不把这一幕理解为对刚才那顿比萨不满的表现。

过了几天,YJ拉我进了个名为"Friday Chillin' Party at YJ's"的微信群。群成员全是男性,YJ的群昵称是"Master of the House"。还没来得及发出正式的邀请,YJ却用群公告宣布:"周五的派对取消了。我们要确保我的家人先走,今天就走。"

"你打算让他们去住酒店吗?"有人问,"他们的航班是不是还有几天?"

"不,"YJ说,似乎在等待这样的疑问,"我们韩国人有一个应对这种情况的安全屋。他们会搬到那里住。"

其实,就在当天,YJ的小区另发了通知说,暂时安全。不过他的家人已经收拾东西走了,因此周五的派对可以照常进行。我那天下午在望京,路边排着长队,我因此提前前往顺义。果然YJ家附近不用排队,我从地铁站走几步就迅速延长了我的保质期。到小区门口,YJ下楼接我。黑寸头、黑背心、黑短裤,YJ和那些出来溜达的大爷融为一体,甚至走路的节奏都有些相似。他带我去街道的饭馆买一些下酒菜。他如果开始讲北京话，我也会觉得很正常。家里人都走了，他是留在北京的唯一的男人。

签证拿到手了，我还不太想回上海。好不容易出来了，不如多在外面转转。我买了一件写着"十四天里哪儿都没去过"的T恤，准备去海南，想度一次不由其他因素决定的假期。但到了柜台办理登机手续时发现，我看错了航班的时间，提前七天到了大兴机场——那是在YJ家喝完酒后订机票的后果。我坐上地铁原路返回，再等了一周。7月31日，我终于飞往海南。

我落地三亚，再坐高铁到万宁。我住在神州半岛的冲浪俱乐部，一家建在树林中的青旅。这里有各种各样的人：开日料店的北京大叔、办公谈梦想的上海老板、忏悔拍过放纵自我的文艺片的青年导演，这座岛都能容得下，还给你椰子水喝。它成为一个不分年龄、不分阶层的精神寄托。在冲浪俱乐部，有一批以义工为名四处流荡的年轻人。有天晚上，他们在公共区域集合，观看佩洛西新闻的直播。我从海边打车回来，走到原本熙熙攘攘的院子，发现一片像球队输了决赛一般的安静。

白天，冲浪俱乐部的人忙着下海，拿着冲浪板来回于沙滩。我会留在院子里，冲一杯咖啡，拿出电脑办公——这也就是我数字游民的初体验。到饭点，义工会准备一些菜，并邀请我交二十五元拼餐费加入。青旅老板、四川和广东的义工、湖北的冲浪学员都对我的生活好奇，我对他们的也是。我们是彼此在岛上的相遇，一个回到城市可以讲的故事。我们一起去烧烤，去KTV，轮着在陌生饭友面前展示自己不出色的唱功。

可是三亚传来的消息终结了这一切。那些熟悉的词语又回来了。因为前几天路过三亚的缘故，我暂时离不开海南，只好退掉回上海的机票。有电脑，有网络，我做好了长期住在岛上的准备，迎来一个限定版的海南夏天。我们去不了海边。冲浪俱乐部的拼餐费变成四十五元，老板锁上了大铁门。六十多天后，我感到重回黑暗的恐慌。我要走了。

当地交通已停运，我背着行李走向车站。头顶有太阳，眼前是三十公里的路。幸亏我左边出现一辆黑车：一百五十元，司机大叔绕开被封的高速，走小路送我到目的地。我下了车才开始思考接下来要去哪里的问题。前几天，豆瓣上有人看到我在海南，留言说她在文昌待了一个月，很悠闲，欢迎我去玩。我本来没多想过。可是，站在万宁火车站入口处、实在不知道去哪里的时候，那条留言看起来像个切实可行的计划。"我一会儿就去。"我回网友说。

那是离开万宁的最后一次机会：第二天，全岛的铁路交通都停运了。在高铁上，我联系那个网友。她自称刘水，是一个在成都读研的女生，在海南度暑假。刘水嫌弃文昌市里没什么可玩的，所以选择住二十多公里外、因火箭发射而成名的龙楼镇：有石头公园和老爸茶店，并且刘水感觉会相对安全一点。我们约了晚上在镇上喝清补凉。"我有半截红头发，很好认。"刘水说。到了文昌站，下起了雨，我打开伞在路边等公交。乌云靠近，我赶上倒数第二趟游1路，坐到了龙楼镇。

我在飞天客栈安顿下来。像龙楼的大部分楼房一样，飞天客栈的业务包括卖供游客观看火箭发射的天台观众席位。近期没有火箭发射，再加上疫情，飞天客栈相当冷清。在前台工作的本地女孩认真执行着政策，在各种检查后帮我办入住。这个过程中，刘水走进客栈大堂。

"女朋友？"前台女孩立刻问我。

"朋友。"

"刚来龙楼已经有朋友？"

"我们刚认识。"

"在哪里认识的？"

"就在……附近的饭店。"

"这么巧？"本不想解释太多，模糊的答案却增强了前台女孩的好奇心，使我陷入一段似乎无尽头的对话。还没有和刘水打过招呼，她已经见识了我不令人印象深刻的编剧能力。

美泉茶园成为我们固定的见面场所。这是一家受当地人欢迎、有室内室外两大空间的老爸茶店。下午2点点心出炉时是一天中最热闹的时段。账单是一张分三类型的数字表，算账的方式是在对应价格栏里画"正"字：

茶点（1—6元）

汤粉炒粥（7—10元）

大点（11—17元）

  两人一顿，加咖啡，放在上海必然是上百，这里才三十多。不管男女老少，比起去海边，来这里喝冰茶、打游戏、见朋友是龙楼人更喜欢的活动。飞天客栈的前台甚至不会游泳。大海似乎是留给容易兴奋的外地人的。我们骑着共享电动车去看夕阳，坐在石头上看云，猜测几点会下雨。离岛等于去隔离，我们不着急走。

  在当时的海南，龙楼是一个完美的避风港。只要你不想离开，在这里可以正常地生活，几乎不受任何影响。我和刘水重度依赖选择不算多的当地餐饮，经常约在核酸亭路口的饭店吃文昌鸡和炒空心菜。我的脸晒黑了，当地的两个小朋友把我定义为"非洲的外国人"。他们一路跟着我走到飞天客栈，坚持说想看我的房间。我坐在床上，他们不断发出疑问："你见过非洲的青蛙吗？你开什么车？你是首富吗？"一串回答不上来的问题之后，他们带我看青蛙，我带他们买奥特曼卡片。

  原计划只待十天，但现在我在海南快一个月了，已经了解龙楼每家饭店的菜单，可能是时候走了。离开上海六十天，走了五个城市，我大概弥补了憋在花园坊的两个月。离开的这段时间，我把房子转租了出去。现在租客搬走了，租房合同也快到期了。我去和刘水道别。"记得来成都找我，"她说，"不来也行。但最好是来。"

浦东机场，深夜过了 12 点。飞机内的语音播报有序地叫出每一位乘客的名字。大家认真地倾听，看谁有幸先下。从登机梯下来之后，左右两边是我们已经被消毒的行李，理得井然有序。它们自然形成一条通向转运大巴的道路。大巴的目的地不是去航站楼，是直接出机场。在我的记忆中，享受这种下飞机就有车等着走的待遇的，是间谍剧里的特务、访问他国的政治人物，或者好不容易被球队签下的球星。由于近期的生活似乎不会涉及以上三种情景，我确实没想过会轮到自己。穿越空无一车的浦东高架的时候，我一时忘记后面的七天，允许自己感到一些兴奋。

我坐右边靠窗的前排，望着眼前的市景，仿佛在脑海中多积累一些真实的画面，就可以用来抵消接下来一周的酒店生活的单调。我拿出手机并打开高德地图，对照我们的实际位置，感受流动中的快感。靠边停车的时候，我才感觉到其他人的存在。前面有辆警车，而我们在路边已经原地不动地待了半个小时。有人开始不耐烦了，站起来走到司机师傅的位置，问他要个说法。司机也不知道怎么说。深夜 2 点了，人人筋疲力尽。

窗外是一排准备做核酸的队伍。他们捅完就得是我们了。

终于有人叫我们下车。坐我旁边的小男孩睡着了。他的母亲坐在大巴的中间排,现在已经下车了,想回也回不去,麻烦还没下车的我们叫醒她儿子。由于离小男孩近,叫醒他的任务落在我身上。我拍了小男孩几下,没有反应。"我们到了,"我小声地跟他说,又拍了他两下,"要下车啦。"我脑子里的下一句是"要下去做核酸啦",但我及时地制止了自己。我实在不想成为通知要做核酸的那个人。一个男生站在大巴的走道,近距离地观察我在叫醒小男孩方面的失败。"我来吧。"他自信地说,向我们走过来。

"嘿,小朋友!"他用比我稍微大点的声音跟小男孩说,"小朋友!"小男孩依旧沉浸于梦中。男生满脸困惑,无可奈何。后面一排的一个大爷站起来向前靠近,大声喊着一句:"好了,下车了!下车了!走了!"车下的母亲向上望,等着结果。这下,小男孩真的醒了。

先上三个台阶,犹如为某个神圣的仪式做出精神上的准备。鼻子喉咙被捅了两下,我接着骂了老天两句。灵魂已净化,我便有资格进门办理入住事务。在透明的玻璃大门上,刻着"格林豪泰酒店 GreenTree Inn"白色的字体。我瞬间想着,真的是有人敢玩谐音梗,特意把"格林"酒店设为隔离酒店吗?这到底算是觉悟高,还是亵渎?

"你坐下吧。"穿着防护服的工作人员指着他对面的椅子跟我说。场面热闹,一桌多人忙着填表,要房卡,赶紧拿着行李去坐电梯。

"一个人住吗?"工作人员一下把我问住了,莫名让我觉得有些孤独。

"嗯,"我说,"一个人。"

坐电梯到房间的过程平时会给我带来一些快感和期待。可是这次,那几秒钟充满着恐惧。电梯门开着的时候,我希望会有人把我拦住,说你搞错了,可以回家了。可是出电梯唯一看到的是一个认真坐着的工作人员,他对我也没有任何举动。我面前的走廊空无一人。如果能够非常清晰地去扮演一个噩梦中的自己,那有可能走这个走廊是最相似的体验。它像通往黑洞的高速。每走一步,酒店的割绒地毯似乎都在推动着我往前走,再往前走。我的 818 房间明明很近,但是这个走廊仿佛是走不完的。像但丁的《神曲》中的地狱,人所承受的惩罚是永恒的。反复性比惩罚的内容本身要更可怕。

在房间里,我感到一种奇妙的安定,像是被注射了镇静剂。一切被安排得井井有条。有七个垃圾袋,刚好一天用一个。有十几瓶水。有卫生纸、牙刷、牙膏、梳子、肥皂。有一台电视,有桌子。抽屉里面有一本书:《做父亲,不许失败的创业》。空调开着,有人替我着想了。我对于失去人身自由的恐慌,被这些物质上的辅助短暂地掩盖了。

房间的门铃叫醒了我。例行公事,并且领个早餐。还有一份盒饭,估计是我睡了之后送的,一顿迟到的晚饭。我喝了豆浆,把其他的放桌子上继续睡。紧接着,房间的电话响了。

"你多大年龄?"一个工作人员问我。我不问自己为什么要回答这个问题,更不用提问对方。在疲惫的状态下,人的大脑会避免过度思考,用最省力的方式应对现实。

彻底醒了之后,我意识到,房间里的电话是我跟外面的世界唯一的沟通渠道。我决定试试建立沟通关系。我给楼下打电话,问这几天都是什么安排。接电话的大叔很热情。他说,不用掏钱,住宿三餐不需要任何费用。我接着问他能不能收外卖和快递。"可以啊。"大叔理所当然地说,仿佛我在质疑一家五星级酒店优秀的服务。你都选择来我们酒店住,难道不知道我们的水平吗?"你有什么需要,跟我们说。"大叔的善良对待跟实际状况形成一种强烈的反差,使我很疑惑。难道这本来就是一段愉快的时光,是我把它想得太坏吗?

在淋浴房的玻璃门上,写着"格林豪泰酒店－大柏树店",我这才意识到自己在哪里。加上摆在地上的洗衣篮,"大柏树"那三个字把我带回一个已经没落的时代。上下班、创业园区、奶茶、烧烤、火锅店、出差、同事、酒醉、开房。白色的防护服和棉签将我们虚无主义的人生一扫而尽。我们在这里从罪恶中赎回自己,怪不得不需要付房费。那是曾经的世界。现在,不用交钱。要交上被成功净化的灵魂。

过了两天,我收到一份快递。工作人员直接把它跟我的午餐一起放在门外的小桌子上。这份快递来自南京。不是我买的。纸箱上写着:"数量:1;货品名称:抽纸(天然竹浆)"。天然竹浆很纯净,是这个世道认同的物品。我想对工作人员说一句感谢。这是一种和谐的表现,说不定会加速我的灵魂净化大工程。不过他已经走了,我只好拿着快递和午餐回到房间里。

"收到了吗?"朋友发来一条微信问我,配了一张快递物流的截图,"看到你发的朋友圈,赶紧安排了配送。"我放下饭盒去拿快递,用电磁炉的插头切开纸箱正中间的胶带条。里面有两瓶红酒。

回到花园坊,我收到夏天在胡同认识的朋友 Sifan 的消息。Sifan 是自由撰稿人,准备先去金华,再去义乌找人物素材,邀请我一起。退租的事情忙完了,我可以专心流浪了。9月27日,我坐高铁到了金华。

晚上5点47分,澜舍时光酒店。一阵刺耳的警笛声让酒店大堂里的各位立刻向我转身。一个机器人把我名字里的十六个字母一个一个念出来。我站在原地,假装什么都没发生,继续望着前台后面的工作人员。

屏幕上出现两个字:上海。

"这,不,"我带着委屈对酒店的工作人员说,"我没去过那些区域,根本没路过。"她耐心地等着我把话说完,但心里知道不管我怎么说,都没有什么用。红色或绿色这种事情,是不可商量的。

"我能用一下洗手间吗?"一名看着挺着急的女士边说边走进酒店的大堂。

"扫码,扫码!"酒店的工作人员说。女士只好停止冲进酒店的动作,她甚至得往后退一步,快速扫码。整个大堂再次响起警笛声。

"不行!"工作人员向这名女士举着一只手说,"不能进。"

那几秒钟,我默默祈祷,毕竟我和她都是警笛声人员,那么如果我们都没问题,她可以上洗手间,我可以入住,晚上的菜会是美味可口的。我努力尝试让自己面对现实,问我们要怎么办。

"要不我帮您联系社区,把您的情况跟他们说?"

"这,这是要隔离吗?"

"我不知道,这个要问社区,如果有必要,那肯定是要隔离的。"

一阵沉默。

"那我帮您跟他们沟通一下吗?"

我转身走到大堂的沙发,背上刚放下的大小包,大步流星地走出酒店大门。

我放弃找酒店,走了半小时到金华的金东区,去小女当家饭店找 Sifan。

"法式烤土豆很好吃。"Sifan 说。桌子上还有一盘客家酿豆腐、一锅山药排骨汤、一扎西瓜汁。这种咸甜的搭配使我在感官上有些混乱。我给手机充电,把它放在排骨汤旁边。甜的、咸的、菜、电子产品,今天我们都是一家。

"晚上冷吗?"我自问自答,"不冷吧。"

"还行,"Sifan 盯着手机的屏幕说,"二十多度。"

"远吗?"

"不远。"

我们说的是金华的建筑艺术公园,2004 年由艾青的儿子艾未未主持设计。关于这个公园,一个政府官员曾经说过:"我在设想,干脆把绿化带沿义乌江上游一直延伸,向那边没开发的地方再拓展上去。今后谁来我都乐意。"十八年后,我可能真的要接受他的邀请了。

露宿街头前,我们先回到 Sifan 住的客栈。我背着包爬楼梯,准备把行李存在她的房间。"老外!老外!"客栈前台的阿姨一句话叫停了我的脚步,"住哪个房间的?"

我向楼上一看,Sifan 已经走到了房间的门口。阿姨提的问题里缺乏主语,因此我认为可以利用这点模糊的空间。我报了 Sifan 的房间号。

两个小时之内,这是我第二次体验犯过罪被发现的感觉。这次,我的罪不是上海的行程轨迹,而是走进了一家不接待外籍客人的酒店。前台的阿姨似乎对我的文字游戏不大感兴趣,她只想知道我是不是外国人。

"是。"我最终承认。

"不行,你不能上来。"

"这么多东西,"我说,楼梯已经爬到一半,"全让她搬吗?"我是指 Sifan。

前台的阿姨对此没有答案。听到这些动静,一个光头大叔从客栈办公室走出来。"你下来,"他边上楼边说,"我来拿东西。"

9 点多了,没有安顿之处的夜晚才刚开始。我在客栈的大堂走来走去。"你坐吧。"阿姨对我说,格外地客气。在她的逻辑里面,拒绝我上楼和让我坐下来休息是没有任何冲突的两件事情。"你想看这本书吗?"Sifan 从楼上发微信问。书是萧乾写的《一个中国记者看二战》。封面上的插图是一幅凄凉的黑白雪景,持枪的士兵守着自己的军营。

"哇!好呀。"

"我还没看哈哈哈,但感觉会挺好玩的。"

"对,没听说过。"

"你是在和那个阿姨聊天吗?"

"没聊过天。"

"我再充一会儿,还充不满就算了!流浪汉不应该有太多电。"

我很感激 Sifan 愿意陪我在公园过夜。她是有住处的人,不过仍然觉得这么做会比较有趣。我坐在硬硬的木头椅子上犯困,她元气满满地背着包下楼。

公园逛了一半，我们遇到三位瑞士建筑师设计的"儿童游戏"："他们在基地上创造出一个有多重穿越经验的曲折形混凝土墙体。墙体上的大小洞口为人们提供了多种驻留、游戏、观赏城市公共景观的方式。该建筑在创造了丰富体验方式的同时又保持了建筑形式中整体性的力量。"我一看到那些墙上的洞，就觉得有地方住了。

我和Sifan认真考察建筑的每一个洞，看哪一个适合人住。它们整体偏小，可以理解建筑师初步的想法，就是小朋友会在这些空间稍微活动，跳来跳去。他们没有想过墙上的洞会成为一米八的成年男人的住处。

"我上二楼。"我对Sifan说完，便爬到位置比较高的一个洞。很快，我们将这些洞称为"房间"。

五个小时的住宿体验，我换了三个洞——算上走动的时间，平均在每个洞睡了一个多小时。每个洞的形状会先吸引你，让你觉得这里可以躺着，那里视野不错。但时间一久了，身体会感到狭小空间所带来的不适。房间的形状决定你怎么躺着。想换个姿势，只能换个洞。住楼下的Sifan一直留在最开始选择的洞。她不躺着，也不睡，只靠个背，凌晨3点还给我转了六十七块五的晚饭钱。

4点多时，我准备换个洞。"我们去吃早饭吗？"听到动静的Sifan对我说。太好了。我本以为还要睡好几个洞。

过年

唐先生的故事

"在国外都是吃肯德基。"

——春节，饭桌上

2022年11月1日，早上8点。我决定去找刘水。一天两夜，从上海站出发的K282列车即将完成它的使命，到达成都西站。我从10号车厢的16号中铺爬下去，坐在已经没有人的下铺。我估计它的乘客在天还黑的时候就下车了，床单还没有被乘务员收拾。我靠着床边的墙坐着，享受中上铺的居民无法体验的舒适。在我的对面，有一个身体姿势几乎和我一样的男人。他应该是最近才上车的，面部表情也没有那种长途火车带来的疲惫。"我们是做布料的。留一个电话吗？"唐先生边说，边从商务包里拿出来一张公司营业执照。

我很久没有跟别人互留电话号码了。我念完手机号之后，唐先生给我拨了一通电话。我举着手机给他看。唐先生看一眼我手机上的来电提示，还是没挂电话，似乎多打一会儿，我更能收到他的号码。

唐先生希望我给他介绍一些合作伙伴，帮他提升业绩。他说，我肯定会认识一些同行。我说没有的时候，唐先生觉得我只是想谦虚，因此坚持再问一遍。我是真没有。他们公司总部在成都，工厂在杭州，产品出口到阿根廷。"日韩不做，"唐先生解释道，"美国也不做。西方国家都不做。"看来，西方国家的布料都不来自唐先生。

快到站的时候，唐先生发现我行李很多，主动帮我推其中一个大箱子下车。"吃个早餐再走吧，"唐先生对我说，"我们很喜欢交国际朋友。"我说一会儿朋友会来接我。"那我们再联系吧。"唐先生有些失望地说。

打开四川天府健康通，我发现自己无法用护照信息注册，因此没有绿码。工作人员让我去"开单子"，一个给没有手机的人的发明。一群准备上工地的工人排在我前面。一个稍显不耐烦的防疫工作人员在处理他们的情况。轮到我时，他表情很困惑地翻着我的护照，就像第一次看日漫时不知道该往哪个方向看的样子。我和站在旁边的另外一个工作人员帮他弄清楚哪个是姓、哪个是名、哪个是护照号码。结论是因为该站输入个人信息的系统仅支持汉字，我需要去医院。

"我帮你叫警察吗？"站在台边的工作人员问我。瞬间，我想到的是一系列不妙的情况。其实她只是想问我需不需要让他们开车送我。我一抬头，发现唐先生还在。他搞定了，现在站在社会和铁栅栏的另一面看着我。我心里觉得应该说一句"不用等我，您先走吧"。但是我正处于和工作人员的交谈中，有些忙不过来。

"一个人口两千万的城市，火车站怎么会没想过遇到外国人的问题？注册健康码为什么不能用护照？"我说着说着，暴露出自己的烦躁情绪。站在我对面的防疫人员让我打开支付宝，把手机给她。她操作了几下，手机上出现四川天府健康通的绿码。我想说"操"，但最终选择仅仅用面部表情来表示惊讶。

"我是不是很厉害。"工作人员张开双臂说。

"是。"我充满感激，还有些内疚地回答。原来，用微信扫天府健康通只能用身份证注册。但是只要用支付宝扫码，就可以用护照注册了。

仿佛是临时的天赐之物。出了站，唐先生不慌不忙地在原地等我。刘水也在。她对唐先生的出现很不解，但我让她先上出租车再说。我们三个人去吃面，勉强也聊了会儿天。在回家的路上，我正和刘水解释唐先生的故事时，收到他的微信消息。他叫我有机会给他介绍外国客户，加了两个龇牙表情。他还说："以后我们永远是朋友。"

不要觉得唐先生是一个说漂亮话的人。十几天后，他给我买了一张到陕西的车票，让我去他的服装公司参观。我在公司的小单间住了十天，度过了三年中最后一段无法随意流动的时光。

我们望着窗外灰蒙蒙的小城市，喝了点白酒来提起精神。唐先生给我转了一万块钱，让我妈从意大利买几件衣服寄过来，好给亲戚"送点不一样的"。聊到我姐姐卖茶叶的事情，唐先生安排了一个国际快递，给我姐姐寄了他朋友在当地产的茶叶的样品。我有时候会觉得我们是在闲聊，但实际上，唐先生说的每一句话几乎都蕴含着某种我还没有看清楚的行动力。他说下个月一起去他老家农村过年，一样不是客套话，而是他心里的一个计划。1月14日，唐先生到了成都，中午和我吃了一顿美蛙鱼头。他说他花了八千多买了头猪，过年我们一起吃。我那顿喝了三杯白酒，和唐先生约了第二天的行程：一路向川东，坐大巴到他的老家达州。

但是那天晚上我喝多了。得意于中午的酒量，我继续参加了一场白酒品牌的品尝会。跟在饭桌上大口吃菜不同，品尝会只提供一些简单的下酒菜，很快就把我弄醉了。第二天早上，我无法让自己从沙发上站起来。我接到唐先生的电话，跟他说我可能赶不上当天的大巴。

"小年了，老家还有很多事，"唐先生说，"你克服一下吧。"谁说PUA话术对外国人不起效呢？我说行。刘水从卧室出来，走到沙发旁边，仔细地观察我的表情和躺着的姿势，似乎在确认还有没有活着的信号。"你这样子还能走吗？"刘水蹲下来和我说。那是一个字面意义上的问题，我也把它理解成对我的身体的判断，类似："你这样子，还能走嘛！"我很同意刘水没有表达的观点。我不太能走。

像是在念遗嘱一样,我对刘水宣布自己把车票改到第二天的意愿。她帮我执行,我来通知唐先生,接着睡到了下午。

第二天,我在车站餐厅吃了顿十六元无限加菜的午饭。像在一个夜店一样,车站的洗手间全是来抽烟的人。我毅然决然地走进烟雾,去找个地方刷牙。

车上,司机不敢说我们几点能到。我要问三遍才能获得一个预计的到达时间,好跟唐先生交代。他要安排儿子小艾从农村开车到达州来接我。气氛要比在车站克制一些。没有人抽烟,也没有人大声讲话。很多乘客是一个人出行的。路走了一半,我们在南充服务区停车休息,大家有序地下车去买零食和饮料。我一个人走在空旷的服务区,腿部紧缩的肌肉终于得到一些放松。我转身望着我们白色的大巴,记住它在停车场里的位置。我想,它要是不等我就走了,我会做什么?高速上能打车吗?我会需要找个陌生人载我一程吗?我放下这些杂念,快速去买了个巧克力棒和一罐王老吉。

前半段路比较沉默,坐我旁边的乘客在回到车上之后和我搭起话来。搁在我大腿上的电脑提供了完美的闲聊素材。"你写的是英文吗?屏幕这么黑能看得清吗?"他是达州的一名医生,刚去了趟成都拜访他的大学老师。车窗外的天已经黑了,一排一排的人都很安静,杨医生小声地和我说话。他说他的老师"很特别",是一个作家,还曾经加入过重庆地区街头上的"棒棒军"，扛着竹棒，做山城中的搬运工。为了体验生活，这位老师申请到监狱和囚犯同吃同住劳动了一段时间，他叫周嘉。

我们聊起达州。杨医生说他们那里很早就有疫情，12月初就有，大家都感染了。晚上9点，我们到达达州车站，下了大巴。杨医生帮我提行李，陪我去找小艾的车。我祝他新年快乐，准备去农村。

2007年的夏天，一棵树救了唐先生。他参加完亲戚的婚礼，上了车，开上了四川的山路。和唐先生一起在车上的，是他的儿子小艾。开了不久，饭后的困倦渐渐涌上来了。唐先生打着瞌睡，车失控了。小艾眼看着喜事快要演变成悲剧。他往下看，因为只剩往下了。车开到悬崖末端的时候，一棵树出现在小艾的视野中。树横着倒在路边。这是一场救生性的碰撞。树挡住了唐先生的车，终止了它致命的轨线。那棵树避免了唐先生和小艾从悬崖上掉下去。

十五年后的冬天，小艾开车带我去他们的老家。走出城市、靠近乡下的第一个信号是路灯变少了。我们还有七十多公里才能到。我感到有些内疚。原来我不跟唐先生一起坐大巴的后果，是他的儿子要单独跑两趟来接我和他。我说了一句抱歉。小艾心情很好，看来他不嫌弃开车。

"意大利春节怎么过？"小艾转移话题对我说。我一时觉得这个问题是可以一笑而过的，那是个对方说完就会意识到自己说错了的场景。但是小艾期待着我的答案，而且在未来七天，不少村民表达了同样的疑问。小艾等于是在进村之前帮我先排练了。我们得出的结论是意大利那边不过春节，过圣诞，因为圣诞节就是我们那边的。

小艾说他父亲今天去办了新护照。在陕西的时候，唐先生有提到过我们一起去意大利的事情。我大概是把它和其他那些喝白酒时许下的承诺放在一起，没想过会再次被提起。我又低估了唐先生。"我也要去办，"小艾说，"说不定到时候我们都一起。"我表示欢迎。

"可以的话我还想去德国。"小艾接着说。我从不知道自己什么时候回意大利，又怎么变成了个欧洲小旅游团的团长。我问小艾他想去德国的什么地方。

"那个地方叫啥我忘了。"小艾笑着说。

他说的是特里尔市，位于德国西南部，沿着摩泽尔河而建，曾经属于罗马帝国，现在产白葡萄酒。当地人爱吃白芦笋。但这些都不是小艾想去这里的理由。1818年5月5日，在特里尔的布吕肯巷664号，荷兰裔犹太女性亨丽埃塔·普雷斯堡生了她的第三个孩子，名字叫卡尔·马克思。

"一个小梦想吧，"小艾眼睛发光，"从意大利过去远不远？远就算了。"我说不远。我们刚仔细比较了意大利奢侈品牌在国内和国外的差价，让从事服装行业的小艾有些兴奋。我现在能想象他提着阿玛尼的购物袋走进共产主义之父的故居的样子。

"马克思、恩格斯、列宁、斯大林、毛泽东。算是一种信仰吧。"小艾一口气总结了自己的精神世界。是一座用十四个字可以说完的天宫。

聊到过去,小艾会把中国的八十年代定义为一个"开始走偏了"的时期。他对现在的世界的理解,是"哪里多多少少都有一点资本,这没办法"。小艾像是身处某种长久的善恶之争当中。虽说他不觉得目前的状态理想,但是可以接受。

深夜的乡间小道又窄又黑,还到处都是拐弯。透过车窗,我们看到一个独自走在路边的村民,让小艾感慨。"你能想象如果我们现在是在美国吗?"他笑起来说。问题的语气意味着我应该能想象得到,但我脑海中没出现任何画面。我总为闲聊中就那么容易聊到美国而感到吃惊,并且有时候缺乏准备。

"得多吓人,"小艾理所应当地说,"走在那种路上,随时都有可能被枪击。美国那边主要是资产阶级,所以老百姓还是比较受苦受累的嘛。"

由于工人已经放假了,我住的是一个装修到一半的新房子。家里只有男人:我、唐先生、他父亲、他儿子,各住一间。有电、有煤气、没有热水。在客厅,两个小太阳对着一个沙发——这个简陋的环境中接待客人最体面的一处。晚上,如果不被唐先生的父亲发现,我会把其中一个小太阳带到我的房间。要取暖的不止我自己。我电脑的电池失灵了,只能通过插座才能正常运行。房间里的气温在七八度左右，低于苹果公司建议的最低使用气温十度。像人一样，在小太阳边待了一小会儿，电脑的电池也活过来了。

在农村的第一天，腊月二十六，我中午去参加酒席。是一个村民的七十大寿。现场很热闹，有小孩、家长、老人。在外面摆的一个小桌用来处理随份子、写礼账单的事务，像公司前台，大家需要经过这一关才能进去。一楼的气氛很好，小朋友们到处玩耍，五六个圆桌相互离得很近，剩余的空间勉强够让阿姨们走过去上菜，菜很香，热乎乎的，是在院子里刚用柴火蒸出来的。作为一个来体验乡下生活的城市人，我的农村幻想已经被满足了。但唐先生把我拉回到现实，他的现实。"我们弄几个菜，一点酒，就上去吧，"唐先生说，接着找阿姨们来协助实现他的想法，"楼下太乱了。"

我们上了露台，临时安排了一个小桌，总共六个男人。回到农村过年，唐先生追求这种 VIP 待遇。更何况，他觉得把我带到安安静静的露台上吃菜喝酒才是对我好。他无法想象我会更喜欢待在有烟火气的一楼。我尝试说一楼也挺好的，唐先生可能觉得我在客气。

离我在成都喝醉才过了两天，我面前又是一杯倒满的白酒，我一闻就感到恶心。出门之前，唐先生和我说过，到饭桌上他会劝我不要喝多了。"不是不让你喝，"唐先生当时说，仿佛在道歉，"是我需要这么说，这样显得我对你好。"但是也不能不喝。我不断给自己盛豌豆尖豆腐汤，喝一口白酒，就来一口汤。

唐先生下楼去社交的时候，我趁着机会悄悄地溜了出去。我已经懂了，我在农村这段时间会一直被安排在中老年男性的喝酒桌，因此下楼看看年轻人和各年龄的女性能让我松一口气，似乎回到了个正常的世界。我和一个小朋友以及她的妈妈一起玩，聊她们平时在广东的生活。下午，小艾开车带我去镇上的超市。在车上，我问他会怎么形容他和父亲的关系。

"也就那样。"

"怎么讲？"

"世界观不一样。"

"比如？"

"格局不一样。"

小艾沉浸于抽象的词汇，我怕很快就又聊回到列宁，就选择放下这个问题。

我们经过村里的稻田、养鸭池、柚子树。几乎每户都会在家门外种菜。小艾说村里的一些人在外面挣了钱，花一两百万在村里修了个别墅，像是为自己的成功提供标志性的证据。开了没多久，我们停在一个房子的外面，等一个男生出来。他坐进车的后排和小艾打招呼。他叫小磊。

在镇上，我们先在"好又来"买饼干，再到超市。我们买了薯片、核桃、地瓜干、土耳其干梅子、牛肉颗粒、巧克力棒。小艾还拿了个零食大礼包，但是把它落在了收银台上，等开回家的时候才意识到,并开始纠结是否被算在了账上。我们看到水果店,就靠在路边,小磊下车买了几大包够吃到明年春节的橘子。我们准备去朋友家割白萝卜。

"你对中国的年轻人有了解吗?"小磊问我。我说我应该算是对中国大城市的年轻人有些了解。"其实很多中国年轻人有梦想,但会为父母选择放弃。"小磊没听完我的回答就说。

他的意思是放弃一个没有经济保障但是自己喜欢的职业道路,而选择一份收入更高、性质更稳定的工作。小磊喜欢美术和摄影。他现在在苏州一家做新能源汽车线路的工厂上班。刚上班那几年,小磊买了张站票,坐了三十小时的绿皮车回家过年。车票三百多,机票一千八百多,他觉得省的这一千五可以给父母花。

我相信谁都无法概括中国年轻人如此庞大的群体是如何想、如何生活的。比起做一个社会观察,小磊更像是在形容他做的选择,甚至在说服自己这样选择是对的。那天下午,小磊很热切地跟我分享了他心目中孝敬父母的方式。在接下来的七天里,我们经常会在各种酒席上碰到。他忙着切菜、倒酒、招待客人。我们时不时会偶然对视,可什么都不说。

在农村的第二天,我精神比较崩溃。是我没做好心理准备。出发之前,我知道在农村会有听不懂方言的时候,会吃不到新鲜的面包,身边不会有什么亲人。这些精神上的困难我都有准备。但我没预测到会有身体上的挑战。早上是最冷的时候。每要做一件事情,我都先在脑子里过一遍,好以最快的速度完成,再回到床上盖两层被子。我用烧水壶烧水,倒到水盆里简单地洗了个澡。这七天会需要极高的抗寒和适应能力。我可以做到,但这不太像是唐先生说的来玩,更像是过冬。我对他的邀请感到有些心情复杂。关于要住的房子的条件,他怎么没有早说?

"马路修得还可以吧?"出门的时候唐先生和我说。他感觉到了我的委屈,并尝试以一种让我哭笑不得的方式安慰我。但我还是觉得他挺可爱。我们去亲戚家吃午饭。那是一栋旧房子,但这在农村是最好的。在屋里做饭时,大家能围着柴火坐下来闲聊取暖。这些天,每次去做客,我怕的就是去新房,又冷又大。作为一栋没修完的新房子,唐先生的家有可能是村里最不宜居的地方。

比起以男性为主导的饭桌交谈,在柴火边更容易听到女人的声音。我在这里认识了唐先生的女儿。原来她不是没有回家,而是住在一栋更暖和的房子里。我听到父女之间一次比较令人难忘的对话。

"你工作了之后要发红包。"唐先生说。

"你先把学费交上。"女儿回答。

唐先生的女儿对我的局外人身份比较有共情能力。他们吃饭的时候用方言聊天,她偶尔会大概把聊的内容用普通话和我交代一下。在一个传统习俗推动一切的日常里,她让我感到一些新鲜的幽默和思维。下午跟着她下田挖芋头时,我随便拍了几张她的照片。她转身对我说:"你在拍抖音视频吗?女大学生回家干活?"

在酒席上遇到年轻人时,我心里会渴望这种事情发生——一种抛开过节的场合规则、作为同龄人的精神连接,能让我们聊点彼此的想法和感受。他们有时候会坐我对面,但是一次又一次敬酒的节奏容不下字面意义上的闲聊。

客厅的电视播放着当天的国际新闻:法国人的罢工、缅甸工厂的火灾、土美关系的恶化。同时,饭桌上的人在争取自己的男性尊严。倒酒倒满当,喝酒喝到底,一滴不剩,才算耿直。大家情绪激动,酒壮胆提神。有人说他喝白酒喝二三两就差不多了。"我能喝半斤,"其他人不服气地说,"饭都不吃了,就喝酒。"喝不下去的男人试图用发烟的方式来弥补,但是遭到排斥。"你不喝,我不抽。"唐先生拒绝亲戚发的烟时说。

其他适合男人的话题是烟的价格,关税的问题;事业以及国内外这几年的状态;老表的分类,亲老表和远老表;谁算是自己家里的人,谁嫁出去了就不算。酒喝到位了,会出现一些比较现实的问题,唐先生选择这样的场景来委托他人帮忙办事。果然很顺利。"我懂你的意思,"对方终结了这个话题,"相信我的能力。"我虽然没有事要办,但是喝了两杯之后便不觉得冷了。白酒是村里的暖气。我融不太进大家聊的话题,特别是因为方言的障碍。唐先生确保我有腊肠吃,有酒喝。有人问我吃不吃得惯，饭菜是不是比在城市好吃。"在城市也觉得好吃，"唐先生的某个亲戚插嘴说，"在国外都是吃肯德基。"这也许是我在整个春节期间听到的最刺耳的一句话。忍住了反驳的冲动是我在情绪管理上值得标记的成就。

坐我旁边的八十二岁的大爷借着酒精和我聊起来。他一直重复两句话："年轻人多吃点菜，要吃饱。"还有："大学研究生前途好得很，有能力，也要吃得苦。"他回想起和生产队一起过的年，说那时候"感情好"。现在大家都隔得远，"不容易凑齐一家子人"。大爷以前是当兵的，不停地变换地方。他说不论是在中国还是国外，都要学会语言。"在美国就说美国话，在中国就说中国话，"大爷用四川话告诉我，"大家才好交流。"

唐先生说话喜欢把一句分成上下两部分，中途停顿一下，增强戏剧效果。"上"说得慢，一般是我已经知道的信息；"下"说得快，经常搭配一个手势来拉满情绪。

"早餐想吃什么自己吃啊，"他会说，仿佛在对于负责的事务划分界限，"中午我们喝酒！"

"他们送一两百，"唐先生说起别人发的红包，"我送……"这时他的表情会严肃起来，并且会举起食指，等我的反应。

"一千？"我表现得比较惊讶。唐先生放下食指，无奈地点点头，仿佛在讲一次痛苦的经历。

大年初一的上午，唐先生问我有没有对公账户。他想安排公司把一笔钱转给我，我再用微信转给他用来发红包。他说今年红包要花三万。我没有对公账户，所以帮不上忙。他跑去其他地方找办法。应该是找到了，因为初二他和我汇报，已经发了一万三的红包。

初一中午，我们去镇上，在唐先生"条件好"的姐夫家吃饭。姐夫当过兵，现在做殡仪馆生意。"所有人都要请他，"唐先生说，"他很调皮，以前从部队拿走了一把枪。"在姐夫家，一个花圈挂在墙上，盯着我们吃饭。条件确实好，洗手的时候有热自来水。

对唐先生来讲，回家过年是一个维持关系和处理问题的时机。老人需要做手术，就跟堂弟协商怎么在家庭内部分担支出。初三天还没亮，他去参加了县委主任的儿子的婚礼。晚上，我们到村主任家里吃饭，发现我住的房子是村主任的公司盖的。我理解了唐先生当初说的"老家还有很多事"。他的春节挺忙的。

除夕祭祖，12点后放鞭炮，初一早餐吃猪蹄，这些事情唐先生都做。但你能感觉到他和这些习俗之间的一种距离。"我不相信这些东西，"他边点蜡烛、烧纸，边和我说，"这都是迷信。"这是一个不得不走的流程，跟发红包一样。当他点燃鞭炮、快速从坟墓走开的时候，边跑边笑，像是找回了一颗童年的心。

正月初三，唐先生用上了他买的猪。去年他母亲去世了。初三这天，亲戚、村民、朋友来参加他举办的酒席，纪念他去年过世的母亲。来的人很多，甚至无法同时坐下，需要分两轮来。

在村里的小卖部打麻将、打牌是唐先生固定的娱乐活动。他会向我汇报自己的手气：昨天赢了四百，今天输了一千。"小事小事。几百块，千把块。很正常。就是为了高兴才玩嘛。"麻将桌的气氛平时安静，但容易爆发冲突。一两个人会站起来大喊大叫地指责对方。像一场猛烈的夏雨，争论很快就会平息，一直到下一场。不吃饭的时候，村里的男人很少离开这里。春晚播出的时候，他们同样留在没有电视的小卖部。"给我看两个你老家的美女。"站在麻将桌旁边的一个男人对我说。场面比较尴尬，我一时不知所措。正在打麻将的唐先生转身扫了一眼想看美女的男人，和他对视说："你看不懂。"

打牌的男人们的儿女偶尔会出现在小卖部。一个高三生说他平时在县里上学。他是村里唯一想了解我学习中文的过程的人。他个子高、说话快、态度礼貌，看起来成绩很好的样子。他说他每周只在家里待"one afternoon and one evening"。他明年想去国防科大读化学专业。

两个初中生是为数不多不对我感到奇怪的人。她们站在我旁边，继续聊自己的。

"我昨天给他发了一个新红包，两角钱。结果他竟然领不到，因为他没有实名认证，我已经实名认证过了。一分也是爱，嘻嘻。"

"我昨天也给我老娘发了个红包,因为看春晚嘛,有那个直播领红包皮肤的活动,还有很多款式,样子没变,但是多一些图画。"

"好多?"

"一分,因为我就想试一哈发出来的样子是什么,就发了个一分,哈哈。"

"你老娘没回来?"

"回了回了,走了昨晚。"

"我昨天给了四个人发红包,结果……"

"你没给我发!"

"好,我回去给你发。"

"发个一角吧。"

"大哥,我上次才领二角三嘞,别个在群里头发的那次。"

"发个一角吧。"

"一分,嘿嘿。"

"哈哈只有一分吗?!"

"一分也是爱,嘿嘿。"

"这个爱太满了。"

"我昨天发了四个人,结果两个人都领不了。还有一个是网友。"

"你还有网友?你给网友发都没想着给我发。"

"哎呀没有,我只是看好久没给你发消息了。"

"哎呀我给你发一个吧。"

"找得到我吧？"

"一角嘛？"

"行吧。"

唐先生一直把我当客人，而不是外国人。这是很宝贵的。他的世界很复杂，又很简单。村民问"我们那边"吃什么菜的时候，他就会说"西餐"，省下我一个没头没尾的解释，"他们吃西餐，我们就是中餐"。初四，整个村还没醒的时候，唐先生开车送我去火车站。"哎，他妈的。没招待好。"唐先生边开边对自己说话，"农村里面就这样。"

到了火车站，时间不早不晚。进站口对面的广场像在举行一个大型送别仪式：车辆来、停、走，留下的人们拎着大包小包准备返回到他们平时的生活。在车里，唐先生又说了那句让我们成为永远的朋友的话："吃完早餐再走吧？"我抬头望着摩肩接踵的人群，心里有些怕被堵了赶不上车。但是，不出意料，我们还是下了车，坐到了店里，叫了两碗面。"快点，"点完单，唐先生对服务员说，照顾了我的情绪，又完美地转移了所有的责任，"他赶车。"

后记：世界公民

2014年8月，在《北京欢迎你》发行六年后，中国准备再次为全球做东，在南京举办史上第二届青奥会。我在法兰克福转机，等着汉莎航空公司的LH720航班。我第一次前往东方，也不知道中国是什么样。我要去看看。

高中毕业之后，我没有直接上大学。我在美国做了一段时间的环保志愿者，同时写博客。在我老家，一个记者持续关注着我写的游记。半年后我回家的时候，他问我想不想当他的助理，做体育报道。虽然不是熟悉的足球，而是射击赛事，但我接受了。重要的原因，是这份工作提供频繁出差出国的机会——第一年，德国和西班牙的射击世界杯；第二年，中国南京的青奥会。坚持了两年，我最期待的时候到了。二十岁，手里是一张跨越半个世界的机票，我坐在飞机靠窗的座位喝一杯冰啤酒。我望着窗外的云海，想象着南京的样子。

8月15日的中午，我在禄口机场的人群中四处张望。南京的夏天，室内潮湿的空气让我觉得自己在一个游泳馆里。一个穿着绿色马球衫的女生远远出现，向我挥手。她走过来，确认了我的身份之后，说出一句"Follow me"，转身带我走出机场。

出发前，我查到资料，南京青奥会的制服有四种色系：技术官员穿着"正当红色"，青奥组委会工作人员穿着"展望蓝色"，安保人员穿着"卓越金色"。而我刚遇到的女生是穿着"青春绿色"的志愿者。

那几天，两万名穿着"青春绿色"的志愿者成为我见中国的第一面。他们大多是一些在南京读书的90后大学生，女性更多一点。在奥运村迷路时，只要一抬头看到那些鲜明的马球衫，你就有可能不错过下一个工作安排。每次从酒店坐班车去体育馆，她们会面对我们站在过道上，像一个新手导游在讲述一些关于南京的知识点。

青奥会开幕后，赛事日程繁忙起来。赛后，我会尽量以高效率写完报道，争取早点收工。有天，事情处理得差不多了，老板主动提出我要不要先走，他自己留在办公室应付剩下的事务。"你有没有在前台兑换人民币？"我准备离开办公室的时候，老板问我。他从黑色的商务包里拿出一个装着几张百元钞的信封，递给我说："玩得开心。"

体育馆的前台小哥试图对我解释地铁站的位置。面对我的疑惑，他明智地选择放弃口语交流，跟我一起走出体育馆。我们走了几十米，直到地铁站出现在远方。他说他需要改善他的英语，我不知道怎么说"麻烦你了"。

地铁上，气氛很安静。没有人对我的存在做出回应。我感觉自己误入了一个别人的房间，正在窥视家里的主人化妆、回邮件、整理头发。虽然物理上是一个公共的空间，但所有人处于一种专属于自己、非常私密的状态。对他们来说，这是一次不能再平常的坐地铁。对我而言，这是下飞机后第一次脱离自己的工作环境和身份，踏实沉浸于这里的社会。终于没有人注意我、跟我解释、给我演示。我是地铁上的苍蝇。

我在一家商场里的饭馆点了一条长江的鱼。我假装自己还在威尼斯，决定点一杯白葡萄酒，心里想着达到了一种远离家又感到熟悉的完美状态。沟通能力有限，服务员给了我一杯白开水。我想，没关系，反正也是白的。商场里放着筷子兄弟的《小苹果》。上头的旋律很快就穿入我的脑袋。我拿手机识别歌名，回酒店反复听。我用脸书向远在欧洲的同学朋友点击"分享"。还在办公室的老板给我点赞。

我走在南京的街头，进了一家书店。在很显眼的位置，我发现《丁丁历险记》的中文版。我买来几本，准备送我爸。他收藏着《丁丁历险记》的各种版本，已经堆满了我们的地下室。现在竟然到我为他的爱好做出贡献的时候了。

我写完赛事报道，在奥运村散步，跟志愿者闲聊。这是我能够真的接触这里的人的宝贵时间。我决定去介绍这次在南京遇到的人。她们用拼音写下自己的名字，我用英文记录她们的故事。

南京市民 Wang Lu 那年三十岁，是青奥村"学习与分享站"的助理。她觉得在青奥会做志愿者的年轻人会因为这次经历而成为世界公民。"他们会更加了解这个世界，"她说，"这是第一次在南京举办一场如此全球性的活动。他们会有更广阔的视野。"

Xue Ting 当时二十一岁，在青奥村环保主题的"绿色空间"做志愿者。她在南京师范大学学习了两年的法语和英语之后，有了机会在现场练习，和来自世界各地的运动员聊天。"你可以交很多朋友，"她说，"和他们交流我觉得很有意义。我们是学语言的，而语言需要练习。毕业之后，我也许会去法国吧。"

跟 Xue Ting 同龄的 Liu Jia 来自江苏南通，她在南京学习了两年英语。她喜欢与外国运动员分享自己的文化。"这是一个很好的机会，"Liu Jia 说，"让世界人民更多地了解我们。"中国结是她最喜欢分享的文化元素。"我们可以展示如何制作，还有我们为什么喜欢它们。它们能创造一种氛围，传播快乐。然后，我们就可以问外国人在他们的国家幸福的象征是什么，互相交流。"

当时和我年龄同样是二十岁的 Fan Li，跟着 Liu Jia 在奥运村负责一个综合信息亭。Fan Li 来自江苏泰州，在南京上了一年的对外汉语专业。"有时候，"Fan Li 说，"运动员来这里，我们就可以教他们一些简单的中文，像'好的、谢谢、你好'。我们没有那么多机会认识不同的人。希望这次的机会可以让我们成长。我们可以学到很多。"

Dai Li 才十六岁。她加入了一个在青奥村的"世界文化区"的九人组，介绍非洲第二小的国家，圣多美和普林西比。有时候，Dai Li 遇到的运动员不会英语，不过她觉得也不是问题。"如果没有共同的语言，"她说，"我们可以玩游戏。中国人能跟其他人连接。连接很容易，像玩拼图一样。"

在我看来，这些志愿者当时呈现给我一种信念：全世界的人都在以不同的方式寻找幸福。尽管有文化上的差异，我们也是可以互相理解的，可以分享个人经验，彼此获得成长。让我感到最乐观的是一个数字：这次申请做志愿者、跟全球搭建桥梁的人数高达十万三千多。结合和志愿者的交流，这让我觉得中国是一个渴望和世界连接的社会，是地球村的一部分。我似乎在志愿者的眼里看到了未来：我们会越来越走到一起。

不知道，Xue Ting 后来有没有去成法国，Dai Li 是否还在玩拼图。

致谢

感谢在 2022 年愿意挖掘我的写作并给更多的人看到的人：正面连接的于蒙和曾鸣。《花园坊的春天》一章末尾改写自我的短篇《11 号楼的家事》(*Almost Family*)，这篇文章获得了 China Writing Contest 英文非虚构写作大赛的一等奖，这个荣誉让我找回了以写作为生的信心，感谢主办方 Sixth Tone。感谢新经典的主编杨静武的信任和我的编辑科鹏、周劼婷，以及其他幕后工作者为这本书的付出。感谢我个人专栏的读者，你们的支持给了我写作的力量。感谢早期的豆瓣读者，包括给我寄了一箱辣条的河南豆友。感谢跳海天台的女孩们，祝你们快乐。感谢所有——无论是否有意识地——帮我理解这片土地的人，你们让我成长。本书部分人物为化名，感谢他们在偶然的相遇中和我分享故事。感谢海南的夏天让我和刘水相遇。我很幸运我们现在一起生活和工作。她是这本书的第一读者，在交稿前为每一个章节提供了宝贵的编辑意见，grazie。希望我们还会一起写很多。

2016 年冬，刚来中国几个月，在一趟去江西上饶的火车上。(照片：Shirin Ahmed)

2017 年春，用中文写信，和张老师分享去香港时飞机破了的事情。

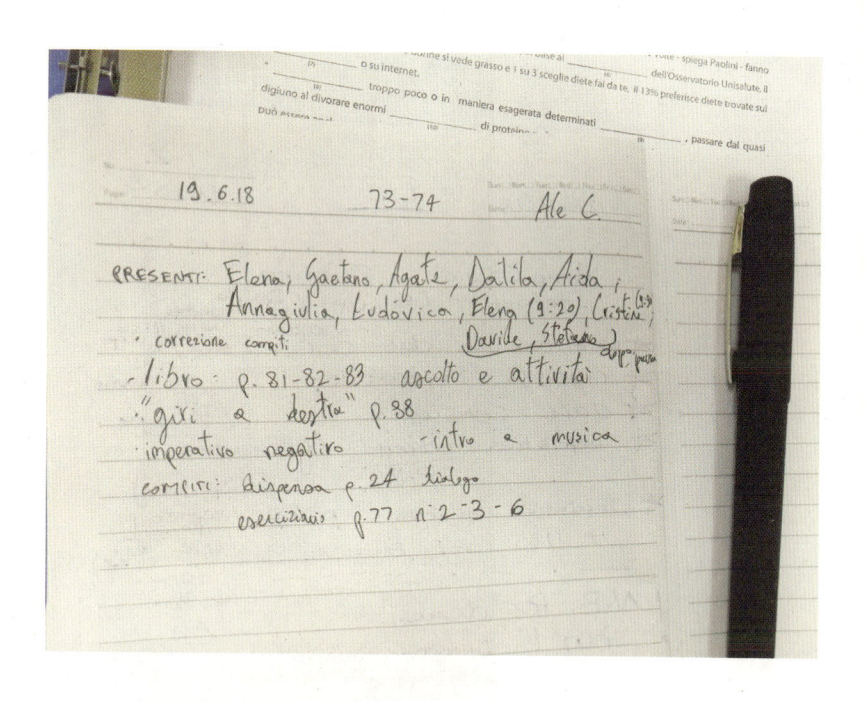

2018 年，在意大利语留学机构工作，每天早晚穿越北京。

2019 年夏，为电视剧《三十而已》做了大量场景笔记。又因为一些不顺利，本来要去剧组工作的夏天变成了四处流荡的时光，坐了很多绿皮车。

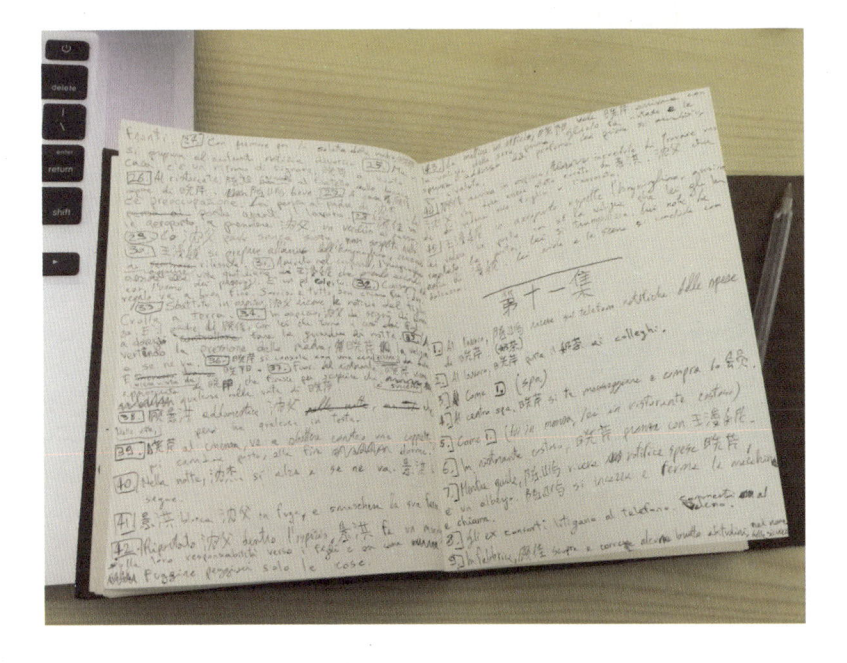

2019年冬,在北京参演同学拍摄的MV。剧组提供的威士忌居然不是道具,是真酒。搞新现实主义呢!